La dette du Gévaudan

Collection Lozère Noire

Fiammetta Esposito

La dette du Gévaudan

Les Editions du Bon Albert

Collection Lozère Noire

Du même auteur

Le Rhododendron (préface d'Ivan Levaï)
Editions Point Plume, 1997

chapitre 1

Le vent sec et pointu de novembre avait forci dès le milieu de l'après-midi. Il balayait la cime des arbres de sa caresse glacée, leur arrachant un profond frémissement. Par-delà le Puy de Dôme, aussi loin que le regard s'aventurât, les pentes rocailleuses des plateaux étaient toutes mouchetées de taches blêmes : des troupeaux de brebis imperturbables.

Adossé à la banquette assez inconfortable du train, les yeux rivés sur le tracé capricieux de l'horizon, je me dirigeais vers la ville de Mende, en plein cœur de la Lozère.

J'avais quitté Nantes le matin même, n'emportant avec moi que les bagages indispensables à mes premiers jours de fonction. L'ensemble de mes meubles devait arriver par la route, la semaine suivante.

A voir défiler les plaines et les plateaux superbement déserts, je commençais à comprendre le sourire sibyllin de certains de mes collègues lorsqu'ils avaient appris ma nouvelle affectation :

– Félicitations, mon colonel. Mais ils vous envoient au diable vauvert... !

– Pourquoi donc, capitaine ? Mende est à moins de deux heures de Clermont-Ferrand par la route. Montpellier et Nîmes ne sont pas beaucoup plus éloignées. Vous en parlez comme s'il s'agissait du bout du monde. Feriez-vous de l'anti-ruralisme primaire ?

– Nullement, mon colonel. En plus, il paraît que c'est superbe. Ma belle-sœur a passé tous ses étés dans les Cévennes quand elle était gamine et...

Et le capitaine Barlot de me narrer la descente des Gorges du Tarn en canoë, les causses décharnés, le panorama sublime et les randonnées inoubliables… de sa belle-sœur, que je n'avais pas l'honneur de connaître et dont je me souciais comme d'une guigne.

Nous étions réunis autour du traditionnel pot de départ, que j'avais souhaité à la hauteur de l'événement : je venais, après quatorze années de carrière, d'être promu lieutenant-colonel affecté au Groupement de Gendarmerie de la Lozère, et je ne boudais ni mon plaisir ni ma fierté. Autant dire que je n'avais pas regardé à la dépense et mes quarante collègues nantais savouraient quelque trois cents petits fours, une flûte de champagne au bout des doigts.

Le demi-sourire du capitaine Barlot m'était revenu en mémoire dès l'instant où, le surlendemain, m'avançant vers le guichet en gare de Nantes, j'avais voulu réserver mon billet de train.

Lorsque j'avais demandé au guichetier un billet Nantes-Mende, il m'avait fait répéter trois fois mon lieu de destination, avant de me tourner le dos pour consulter en grommelant son ordinateur. On aurait pu croire que, sous son air revêche, il me tenait rigueur de vouloir aller dans un lieu dont il n'avait, vraisemblablement, jamais entendu parler.

Je commençais à pianoter avec impatience sur la banque d'accueil qui me séparait du guichetier lorsque celui-ci, pivotant sur son siège, s'écria, comme s'il venait de résoudre une équation à trois inconnues :

– Ça y est, j'y suis ! Mende, en Lozère. Vous voulez y aller par où ?

Je n'avais pas compris immédiatement le sens de sa question et, ne voulant pas trop m'aventurer, lui répondis :

– Oh, c'est égal. Le plus rapide.

– Alors, voyons. Vous avez un Nantes/Saint-Germain-des-Fossés, puis changement à Saint-Germain pour Clermont-Ferrand. De là, vous avez un car pour Mende. En tout, ça vous fait... attendez voir... neuf heures de trajet, avec deux

trains et un car. Par Cahors, c'est plus long. Je vous le donne quand même ?
– Non, merci. Par Clermont-Ferrand, ça ira.

J'étais donc parti de Nantes en début de matinée, ce mardi-là, et m'apprêtais à descendre du deuxième train pour rejoindre le car qui devait me mener de Clermont-Ferrand à Mende en un peu plus de trois heures.

En gare de Clermont-Ferrand, une valise dans chaque main, je remontais le quai en direction de la sortie en me demandant lequel de mes amis aurait suffisamment de loisir et de persévérance pour venir me rendre visite à Mende.

L'instant d'après, comme je parvenais en vue de l'autocar, une deuxième question se superposa sournoisement à la première : lequel de mes amis avais-je envie de revoir ?

Je savais d'expérience que, dans ce type de superpositions qui s'imposent à notre esprit, la deuxième interrogation est toujours plus importante que la première. Me connaissant, j'allais bientôt faire l'objet d'une troisième superposition puis d'une quatrième : ai-je des amis ? Qu'est-ce qu'un ami ? Je décidai donc de balayer momentanément ces réflexions pour ne pas avoir à dresser mentalement la courte liste de celles et ceux qui m'étaient chers.

Assis dans le car presque vide et trônant sur la banquette du fond, je m'abandonnais nonchalamment à un étrange sommeil éveillé qu'entrecoupaient de subites rumeurs de caverne lorsque le car s'engouffrait dans un tunnel.

Je voyais défiler les moments saillants de ma vie, fort banale au demeurant. Mon curriculum vitae s'accordait bien du style télégraphique et aurait pu servir de support à une petite annonce : homme, 42 ans, 1m80, cheveux châtains, célibataire sans enfants. Saint-cyrien. Entré dans la gendarmerie à l'âge de 28 ans. En poste notamment à Mont-de-Marsan et Nantes. Récemment promu au grade de lieutenant-colonel. Loisirs : sport (un peu de tout, mais pas trop), piano (classique) et lecture (littérature du XIXe siècle et polars).

L'aspect sentimental de ma vie était moins banal, mais je chassai prestement l'image d'une femme, le visage ensanglanté, qui me serrait les poignets à les broyer, tout en criant : "J'ai mal, Ronan, j'ai tellement mal..."

Lorsque je rouvris les yeux – car je m'étais bel et bien endormi – le car serpentait au cœur des monts d'Auvergne et le ciel s'était assombri.

Nous avions quitté l'autoroute pour emprunter une nationale joliment dénommée "route entre Lot et Truyère". Malheureusement la nuit était tombée, et je ne distinguais ni le Lot ni la Truyère, dont je supposais logiquement qu'il devait s'agir de deux cours d'eau.

A proprement parler, je ne discernais plus grand chose et ne devais qu'aux phares des véhicules qui nous croisaient de déchiffrer quelques panneaux routiers : Le Monastier, Chanac… et d'autres indications qui fuyaient le long de la route et dont je devinais les premières lettres… Sainte-En…, Ispagn…

Je me sentais un peu frustré de ce voyage à l'aveuglette. On ne devrait jamais arriver dans une région inconnue à la nuit tombée, tant il semble alors que ce sont les lieux qui prennent possession de vous et non l'inverse.

Je ne pouvais certes pas imaginer à quel point cette considération crépusculaire se serait révélée prophétique.

Le car zigzaguait depuis plus d'une demi-heure et je commençais à ressentir les effets désagréables de ce slalom aveugle lorsque, au détour d'un virage, les lumières de Mende apparurent dans la vallée.

Il avait été convenu que le commandant Verdier m'attendrait à l'arrêt du car pour m'accueillir et être mon cicérone jusqu'à la caserne.

Je voyageais en civil mais étais persuadé qu'il n'aurait aucune peine à m'identifier, tant il est vrai qu'un certain mimétisme professionnel affecte notre attitude et jusqu'à nos moindres gestes. Au demeurant, nous n'étions qu'une dizaine de passagers et aucun autre que moi n'avait l'allure d'un colonel.

Alors que le car manœuvrait pour stationner devant la gare de Mende, je me tançais intérieurement pour mon manque de modestie : c'est quoi, une allure de colonel, imbécile ?

Si le commandant Verdier m'identifia rapidement, j'eus la satisfaction puérile de le devancer d'une bonne poignée de secondes vu qu'il était en tenue, évidence à laquelle je n'avais pas songé.

– Commandant Verdier, je suppose ?
– Tout à fait. Heureux de vous accueillir, mon colonel. Je sens que je vais être terriblement banal, mais avez-vous fait bon voyage ?

Conquis par une telle formulation, ce fut avec un franc sourire que je lui offris ma main et ma réplique :
– Vous m'obligez à être tout aussi banal : très bon, merci. Vous n'avez pas eu à attendre trop longtemps ?

Comprenant le jeu, le commandant Verdier ne répondit pas à la question et se contenta de sourire en indiquant :
– Le véhicule de service est garé à deux pas. Laissez-moi porter vos valises.
– Déchargez-moi d'une seule, mon commandant, cela suffira amplement.
– Comme vous voudrez.

Pendant que le commandant Verdier conduisait, je le détaillais discrètement. Il ne mesurait pas plus d'un mètre soixante-dix et je le dépassais d'une bonne tête. Sans être gros, il présentait un embonpoint de bon vivant arrivé à la cinquantaine, ce qui n'était pas pour me déplaire. J'étais, en effet, bien décidé à goûter pleinement la gastronomie lozérienne dont on m'avait dit le plus grand bien.

Nous roulâmes durant quelques minutes, en empruntant une avenue qui semblait faire une boucle parfaite autour du centre ville. Le commandant Verdier s'excusa :

– Vu l'heure tardive, je vous montre juste les pourtours de la ville, mon colonel. Le centre est médiéval. Si vous le souhaitez, nous pourrons y retourner demain.
– Ce sera parfait, mon commandant. D'ailleurs, je voudrais me rafraîchir un peu avant le dîner. Qu'y a-t-il de prévu ?
– Nous serons quatre, mon colonel : vous et moi, bien sûr, le capitaine Dufy, de la compagnie de Mende et le capitaine Orion, de la Brigade de Recherches. Tous deux sont en Lozère depuis plus de dix ans. Ils pourront vous donner tous renseignements utiles sur la région et les coutumes locales.

La caserne se situait à la sortie de la ville, sur la route menant au Puy-en-Velay. De là, j'imaginais qu'il devait être facile de rejoindre Saint-Etienne et Lyon. Je me trompais.

Le repas fut servi dans une vaste salle du premier étage. Entre-temps, j'avais pris possession du logement de fonction qui m'avait été destiné. Je m'étais douté qu'il serait deux fois trop grand pour moi. Il l'était davantage encore, puisqu'il s'agissait d'un F 6. Avec mes quelques meubles de célibataire, je ne pourrais guère en aménager que la moitié.

Je trouvai, comme prévu, dans une chambre du fond, un lit et un fauteuil, de quoi me permettre de séjourner une semaine – à la manière spartiate – en attendant l'arrivée du camion de déménagement. En quittant la chambre, j'avais soupiré d'aise en constatant que le lit était fait.

Le capitaine Dufy, qui s'était installé à ma gauche, était légèrement plus grand que moi, mais aussi plus maigre. Il ressemblait à ces arbres trop vite sortis de terre que le moindre souffle de vent peut terrasser. Les apparences étaient trompeuses car j'appris plus tard qu'il était d'une solidité physique exceptionnelle.

Pour l'instant, je ne voyais que son profil. Lui me lançait des regards à la dérobée, à la fois curieux et intimidé par une telle proximité.

Une longue expérience du commandement me le fit classer dans la catégorie des "méfiants-roquets" mais "chiens-fidèles-après-mise-en-confiance".

Le capitaine Orion ressemblait davantage au commandant Verdier par ses formes pleines et son œil bonasse. Il était visiblement le bouffon de la caserne (il en faut toujours un) et ne tarissait pas de bons mots. Si le repas fut pris dans une ambiance étonnamment détendue, ce fut grâce à lui, car il n'est jamais facile de rejoindre un lieu de commandement et d'affronter les regards interrogateurs, angoissés, parfois provocateurs ou rusés, de ceux qui deviennent, à l'instant même où vous faites votre entrée, vos subordonnés.

Le capitaine Orion n'était pas seulement l'amuseur de la caserne, il en était aussi la mémoire et la tête pensante. En levant bien haut son verre de vin, il m'adressa – en plein milieu du repas – son petit mot d'accueil :

– Bienvenu au pays de la bête du Gévaudan, mon colonel !

– Tiens ? C'est donc ici que la légende a pris naissance ?

– La légende ? Mais ce n'est pas une légende, mon colonel.

Entre 1764 et 1767, une mystérieuse bête a semé la terreur et tué plus d'une centaine d'hommes, de femmes et d'enfants, ici !
– Ça alors ! J'étais vraiment persuadé qu'il s'agissait d'un conte pour faire peur aux enfants turbulents, à l'image du grand méchant loup.
– Oh, que non ! Il nous reste les témoignages circonstanciés des paysans et notables de l'époque. Même Louis XV s'en est ému et a envoyé un porte-arquebuse, Antoine de Beauterne, pour traquer l'animal.
– Et alors ?
– Beauterne a bien tué un loup, mais on dit que ce n'était pas le bon. A l'époque, il y en avait plein, des loups. Finalement, en 1767, le carnage s'est arrêté aussi mystérieusement qu'il avait commencé. Moi, je suis sûr que la bête n'était pas un loup.

Le capitaine Dufy, qui avait dû entendre ce refrain de multiples fois depuis dix ans, n'en laissa pas moins transparaître un certain intérêt :
– Et c'était quoi, à ton avis ?
– Je ne sais pas. Soit une bête dressée pour tuer, soit un être humain, un serial killer des temps jadis, qui se travestissait en bête fauve lorsqu'il passait à l'acte.

Pour une raison que j'ignore encore aujourd'hui, ce récit colporté depuis plus de deux siècles et titubant sur une corde tendue entre histoire et fantastique, suscita en moi un intérêt inhabituel. Alors que le capitaine Orion s'était tu, je relançai la conversation sur le même thème :

– Et on n'a jamais su qui était la... bête du Gévaudan ?
– Non. Mais ses victimes, elles, elles sont bien mortes ! En tout cas, si ça se passait aujourd'hui, nous autres, on lui mettrait la main au collet, c'est certain. Avec les tests ADN et tout le toutim, on le ferait avouer avant qu'il n'ait eu le temps de dire ouf.
– Oui, s'il s'agissait d'un être humain…
– Même si c'était un quadrupède, mon colonel ! On enverrait les empreintes au labo et les collègues nous diraient tout de suite de quel animal il s'agit, son pays d'origine, ce qu'il a coutume de manger, comment il se reproduit et jusqu'à ses différents pelages selon les saisons. On aurait même son nom savant, en latin, s'il vous plaît !

– C'est probable. Mais pour la bête du XVIIIe siècle, le mystère restera entier.

Le dîner s'était achevé sur des considérations plus terre à terre et plus immédiates, le commandant Verdier me faisant une description très précise du groupement et des différentes compagnies et brigades du département qui seraient sous mon autorité. Ce faisant, il citait une multitude de noms, allant des commandants de compagnie jusqu'à un gendarme d'une brigade située au fin fond de la Lozère qui avait commis une faute professionnelle grave. J'étais passablement fatigué et je n'écoutais ce long exposé que d'une oreille distraite. Après tout, j'avais fait un périple interminable à travers la France, il était tard et je ne devais prendre officiellement mes fonctions que le surlendemain.

Soudain conscient de mon manque d'attention, le commandant Verdier me raccompagna à mon appartement, non sans avoir évoqué, en me suivant dans les escaliers, une panne d'ordinateur dans la salle de commandement, dont je n'avais que faire et pour laquelle je n'étais certainement pas le bon interlocuteur, ayant l'informatique en horreur.

Je refermai enfin la porte après avoir remercié mon intarissable cicérone.

Ma première inspiration avait été de me couler dans un bain tiède. Mais ne sachant pas si j'avais emporté une serviette et n'ayant aucune envie d'ouvrir mes bagages pour le vérifier, je me déshabillai en un tournemain, jetant pêle-mêle mes vêtements sur le fauteuil et me glissai prestement entre les draps, sans même me donner la peine de fermer les volets.

Le regard rivé au plafond, comme il est d'usage lorsqu'on se retrouve dans une pièce inconnue, je regardais les ombres projetées que formait le feuillage des arbres malmenés par le vent.

A la faveur d'une brusque accalmie, je vis nettement se dessiner, dans l'angle gauche du plafond, la silhouette d'une gueule béante, surmontée de deux oreilles pointues. Je parvenais même à distinguer les deux crocs de la mâchoire supérieure. La gueule était tournée vers moi et semblait me lancer un défi silencieux. Elle était presque immobile. Seul un léger frémissement du vent faisait imperceptiblement ployer le bout de ses oreilles. Cette apparition me causa un étrange malaise. Non que j'eusse une quelconque peur de cette ombre, née de l'entrelacs des feuillages reflétés par la lumière de la lune ; mon malaise puisait ses racines dans l'impunité dont avait bénéficié la bête, entre 1764 et 1767.

Si j'avais vécu à l'époque, cette impunité m'aurait certainement été insupportable. Mais aujourd'hui, quelle importance ?

La lune dut glisser derrière un nuage et l'ombre de la bête s'estompa puis disparut tout à fait.

Je tournai le dos à cette apparition inquiétante, et mis près d'une heure à trouver le sommeil. A chaque fois que je fermais les yeux, il me semblait que le regard impitoyable de la bête se plantait tel un harpon entre mes deux épaules. Plus d'une fois, (force m'est de l'admettre), je me retournai vivement, pour constater que la gueule béante avait définitivement déserté le plafond. Je finis par m'endormir et ne rêvai nullement ni de la bête, ni de rien d'autre dont j'aie gardé le souvenir.

Pourtant, avec le recul, et bien qu'ayant conservé un esprit très rationnel, je suis persuadé aujourd'hui que la bête – puisqu'il me faut bien l'appeler ainsi – m'envoyait un premier signe sournois dont je ne tins aucun compte.

chapitre 2

Je sus que la matinée était très avancée avant même d'ouvrir les yeux. L'instant d'après, un regard à ma montre, posée à même la moquette, m'apprit qu'il était dix heures passées. On m'avait laissé dormir tout mon soûl (je n'aurais d'ailleurs pas apprécié qu'il en fût autrement) et je me sentais, selon l'expression consacrée, frais et dispos. Un rayon de soleil s'était posé sur ma main rejetée hors des draps et sa caresse tiède m'avait, a contrario, remis en mémoire l'inquiétante gueule de loup, qui avait hanté le plafond de ma chambre.

Je me penchai à la fenêtre pour découvrir les feuillages coupables d'une telle mise en scène. La frondaison des arbres était encore touffue, pour un mois de novembre. Je tentais de repérer quelle branche ou quelle combinaison de branches avait pu dessiner avec une telle précision la silhouette aperçue la veille mais sous la lumière du soleil, la tâche s'avérait impossible. Qu'à cela ne tienne : j'aurais fait le guet la nuit suivante, comme une sentinelle retombée en enfance.

Ayant trouvé, au fond d'une valise, une serviette et un gant de toilette, je m'accordai vingt minutes de détente dans un bain très chaud, avant de me vêtir en civil. Je voulais en effet arpenter en tous sens les rues médiévales de Mende sans que l'on se retourne sur mon passage ou plutôt sur mes galons (cinq barrettes aux épaules ne passent pas inaperçues dans une petite ville).

Le capitaine Dufy vint à ma rencontre au pied de l'escalier :
– Bonjour, mon colonel. On vous a gardé du café au chaud.
– Merci, mais je crois que je vais aller le boire en ville. Il est temps que je fasse connaissance avec la cité !

J'avais prononcé ces derniers mots sur le ton de la boutade, mais le capitaine Dufy ne sembla pas saisir l'ironie :
– C'est une très jolie cité, vous verrez, mon colonel.

Il me planta là avec brusquerie, en me tournant le dos et en s'éloignant d'un pas pressé. Je mis cette attitude sur le compte du "méfiant-roquet" tel qu'identifié dans ma nomenclature secrète. Restait à en faire un chien fidèle, ce qui ne me semblait pas une mince affaire.

Je traversai la cour de la caserne en faisant se redresser d'un bond, sur mon passage, les gendarmes qui, pris au dépourvu, me saluèrent tout raides au son de "mes respects, mon colonel", "soyez le bienvenu, mon colonel". J'eus même droit à un "à vos ordres, mon colonel" alors que je n'avais strictement rien demandé et ne prenais mes fonctions que le lendemain. Je réprimai un sourire et acquiesçai à son salut d'un léger signe de tête.

Je pris sur ma gauche, en direction du centre ville. Comprenant que je m'engageais sur l'avenue qui formait une boucle autour du centre ville, et qui ne présentait que peu d'intérêt pour le touriste que j'étais encore, je bifurquai à nouveau sur ma gauche et pénétrai ainsi dans le vieux Mende. Je flânai plus d'une heure dans les petites rues et les places pavées, visitant la cathédrale – dont j'appris que la première pierre avait été posée au XIVe siècle – et trouvai finalement un bar sans prétention où me fut servi un excellent café.

En repassant dans les ruelles sombres, je constatai à quel point la bête du Gévaudan faisait partie intégrante de l'histoire du pays. Si l'on en croyait les présentoirs derrière les vitrines des magasins, les touristes devaient s'arracher les objets à l'emblème de la bestiole. On découvrait son terrifiant profil sur les cartes postales, porcelaines, foulards, canifs, porte-briquets, bref sur tout ce qui pouvait se vendre d'inutile. De retour à Paris ou à Lille, l'heureux acheteur pouvait proclamer fièrement : "je reviens du pays de la bête du Gévaudan, regarde... !"

Pour ma part, je n'avais nullement l'intention de faire l'acquisition de ce type de babioles. En revanche, je poussai la porte de la première librairie et repartis, un instant plus tard, avec un livre sous le bras. Son titre : *La fabuleuse histoire de la bête du Gévaudan*. Il faut croire – sans mauvais jeu de mots – que j'étais mordu !

La journée passa très vite. En fin de matinée, le commandant Verdier – vraisemblablement devin dans une vie antérieure – m'emmena dans un restaurant perché au-dessus de la ville, près de l'aérodrome, où je découvris, avec délice, la charcuterie régionale.

En début d'après-midi, nous partîmes à la découverte des causses, ces vastes plateaux calcaires, aux rebords escarpés, entrecoupés de vallées encaissées. Nous sillonnâmes ainsi le causse de Sauveterre et le causse Méjean, tous deux situés au sud de la ville, en direction des Cévennes. J'eus le souffle coupé devant ces étendues désertiques, parsemées de buissons de genévriers, où semblaient péniblement survivre, en bord de corniche, quelques rares bois de chênes ou de pins sylvestres battus par les vents.

Si la végétation était rare, les troupeaux de moutons, eux, étaient nombreux, seule véritable empreinte de vie sur ces plateaux d'une impressionnante sévérité.

Je ne conserve aucun souvenir de la soirée à la caserne, ni de l'incontournable dîner en compagnie du commandant et des deux capitaines, encore moins d'une redoutable silhouette, pourvue de jolis crocs, qui m'aurait importuné à l'heure du sommeil. L'étrange vision de la première nuit m'avait déserté.

Jeudi était le jour prévu pour ma prise de fonction et je me trouvai, dès sept heures, habillé de pied en cap et rasé de frais. A voir mes préparatifs et mes contorsions durant plus d'une heure devant la glace de la salle de bains, plissant ma tenue et caressant affectueusement mes cinq galons (trois, couleur argent panachés avec deux couleur or), on aurait pu croire que c'était moi qui m'apprêtais à recevoir un supérieur hiérarchique. Il allait pourtant falloir que je m'habitue : j'étais désormais le patron.

Il n'en fallait pas moins que je sois présentable. J'étais d'ailleurs intimement convaincu que la première impression faite à autrui est bien plus durable que toute autre impression ultérieure, quand bien même la deuxième serait plus réaliste et plus judicieuse que la première.

Présenté à mes hommes, j'oubliai bien vite ces considérations vestimentaires. J'eus une légère contraction au cœur à l'occasion de la cérémonie de prise de commandement, lorsque le commandant de Légion, venu pour m'installer dans mes nouvelles fonctions, s'adressa aux deux cents gendarmes du groupement en ces termes : "officiers, gradés, gendarmes, gendarmes auxiliaires du Groupement de la Lozère... vous reconnaîtrez désormais pour votre chef le lieutenant-colonel Ronan Doucet ici présent et lui obéirez en tout ce qu'il vous commandera pour le bien du service, l'exécution des règlements et le succès des armes de la France".

Je consacrai le reste de la journée à la visite de la caserne et au fonctionnement des trois compagnies de Mende, Florac et Marvejols. En matière de crime, les statistiques étaient vraisemblablement les plus basses de France. Il se passait parfois plusieurs années sans qu'on ait à déplorer le moindre meurtre. Le quotidien des gendarmes était fait de vols, d'escroqueries et de violences plus ou moins graves commises dans le cercle familial ou à l'occasion d'une soirée trop arrosée. En résumé, la Lozère était le département rural type, même si depuis quelques années, une délinquance "importée" d'Alès, Nîmes ou Montpellier venait gonfler les chiffres des vols avec effraction des résidences secondaires, notamment dans le sud du département.

Après une journée de rencontres et d'entretiens au sein des compagnies, menée tambour battant, je me retrouvai attablé, en soirée, en compagnie du commandant Verdier, au milieu de quelques notables lozériens, à la salle des fêtes de Mende. Le repas était organisé par les Anciens Combattants, à la veille de la date anniversaire de l'armistice de 14-18. Le commandant Verdier m'avait poussé à y participer, au motif que ce genre de repas réunissait les principales figures du département et m'épargnerait les traditionnelles visites de courtoisie.

Une cinquantaine de convives étaient répartis autour des nombreuses tables recouvertes de nappes en papier. La scène ressemblait davantage à un banquet de noces qu'à un repas d'Anciens Combattants.

Les serveurs – ou du moins les hommes en costume blanc qui faisaient le service – s'affairaient maladroitement entre les tables, des assiettes dangereusement en équilibre sur leur plateau tenu à bout de bras. Je supposai qu'ils avaient été recrutés pour l'occasion ; peut-être même étaient-ce des petits-fils de poilus.

Les notables – dont je faisais visiblement partie – occupaient la table centrale. Autant le dire sans ambages : j'exècre ce type de repas, quelle que soit la qualité des convives et des hôtes. Il s'y dit toujours les mêmes choses, il s'y tient invariablement les mêmes débats, il s'y plaisante sur les mêmes anecdotes éculées, en résumé, il ne s'y passe jamais rien.

Il y avait là le préfet et sa dame. Lui, fraîchement émoulu de l'ENA, était arrivé un an plus tôt à Mende pour prendre son premier poste. De faible stature, à moitié chauve, il portait d'épaisses lunettes qui semblaient d'un autre âge. Sa femme, petite elle aussi, arborait un sourire de commande assez agaçant. On me les présenta comme étant monsieur Bonjean et madame.

Participait également au dîner le député de la circonscription, Pierre Audemer, connu pour être un mitterrandiste de la première heure. Sa poignée de main joviale me fit plaisir. Etait également convié le maire de Mende, Paul Rouvier, un grand échalas qui me fit penser au capitaine Dufy, même si le maire avait de larges épaules et une voix de stentor, et non le timbre de fausset du capitaine.

Se trouvait aussi à notre table l'inspectrice d'Académie, une belle femme en vérité. Avec son corps souple et félin, son visage au teint mat et son sourire narquois, elle me fit penser à une ancienne petite amie qui m'avait laissé tomber comme une chaussette mal reprisée, sans sommation, dix ans plus tôt. Je décidai donc, de manière absurde, de bouder madame l'inspectrice d'Académie durant toute la soirée. Sur le moment, je ne retins que son prénom : Annie.

Le procureur de la République me sembla un homme très discret. Je n'ai pas souvenir qu'il ait dit un seul mot au cours de cette soirée. Il avait une stature imposante qui s'accordait mal avec le regard d'esquive qu'il promenait autour de lui.

Le président du Tribunal, dont je ne compris pas le nom, était un enfant du pays. Il parla beaucoup de la cueillette des champignons – traditionnelle en Lozère – et accepta même de livrer la localisation de certains coins de forêt miraculeux, que plusieurs convives s'empressèrent de noter sur un coin de nappe.

Participait enfin au dîner le bâtonnier de l'ordre des avocats, un homme d'une cinquantaine d'années, habillé de gris, le teint gris, le regard gris, dont je ne parvins pas davantage à saisir le nom et qui m'apparut totalement transparent.

Les chaises initialement occupées par les enfants – jeunes et moins jeunes – étaient naturellement vides depuis belle lurette. Sans attendre le fromage ou le dessert, ils s'étaient réunis dans un coin de la salle et piaillaient à qui mieux mieux.

Mon regard fut attiré par deux fillettes, âgées de six et huit ans environ, qui jouaient à chat perché en utilisant une caisse à bouteilles, à quelques mètres de moi. Leur jeu innocent m'était un dérivatif plaisant et je les observais depuis quelques minutes lorsque la plus jeune, probablement flattée de l'attention que je lui portais, poussa un petit cri strident.

Un serveur passait au même moment et, posant son plateau sur un coin de notre table, se dirigea vers elle en s'évertuant à prendre un air effrayant, les mains raidies, projetées en avant, mimant d'effroyables griffes, les yeux révulsés :

– Je suis la bête du Gévaudan, et je dévore les petites filles qui crient... !!!

La scène était si soudaine que le silence se fit autour de la table pendant que la petite fille, affolée, poussait un cri encore plus strident que le premier et éclatait en sanglots, en courant se réfugier sous la table, entre nos jambes.

A mes côtés, le commandant Verdier amorçait un sourire. Le bâtonnier, toujours aussi transparent, fixait, de son regard glacé, une ligne bleue des Vosges imaginaire. Je sus plus tard qu'il avait perdu sa femme une semaine auparavant. C'est le moment que choisit l'inspectrice d'Académie

pour éclater de rire, un rire cristallin qui allait fort bien à son joli visage. Dans son sillage, le maire, le député et le préfet s'esclaffèrent. Seule madame la préfète semblait un peu contrariée et, se tournant vers le serveur, dit d'un ton mi-fâché, mi-amusé :
– Voyons, ce ne sont pas des plaisanteries à faire ! La voilà terrorisée pour un bon moment. Isabelle, sors de là-dessous. La bête du Gévaudan n'existe pas !

Pour ma part, je trouvais la plaisanterie plutôt saumâtre. Je n'ai jamais compris ce plaisir ambigu des adultes consistant à terroriser les enfants. Il y a dans cette attitude un je-ne-sais-quoi de malsain dont l'analyse m'échappe. Les enfants se créent suffisamment de peurs irrationnelles sans qu'il soit besoin d'en rajouter.

Quand le serveur se fut éloigné, goguenard, Isabelle passa sa petite tête entre mon genou et le pied de la table. Je me penchai vers elle et chuchotai :
– Tu peux sortir, il est parti. Mais, tu sais, il faisait semblant.

La petite n'écouta pas la fin de ma phrase. Son regard exorbité scrutait la pièce de tous côtés, appréhendant un danger imminent. Les larmes continuaient à glisser sur ses joues, sa lèvre inférieure tremblait. Quand elle accepta enfin de prendre ma main pour se relever, son cou était tendu, figé dans une rigidité inquiétante.

Les discussions avaient repris entre les convives et plus personne ne faisait attention à la fillette. Elle s'enfuit alors de la salle, bientôt suivie crânement par sa camarade de jeu qui, elle, n'avait pas eu peur, visiblement, et s'en trouvait confortée dans son auto-estime d'enfant.

Cet incident ridicule avait eu le don de m'exaspérer, et ce fut avec une certaine impatience que j'attendis le dessert et le café. Quand enfin nous pûmes prendre congé, le commandant Verdier me suivit dans la rue et déclara :
– Charmante soirée, n'est-ce pas ?
– Vous parlez sérieusement, mon commandant ?
– Mais non. Je suis comme vous, je ne suis pas un fana de ce genre de dînettes. Quant à vous, vous aviez l'air de vous ennuyer ferme !
– Ça s'est vu tant que ça ?
– Non. Je ne crois pas. Les autres ne vous connaissant pas, ils ont dû penser que vous étiez un brin réservé...

– Tant mieux. Il y en aura encore beaucoup, de ces soupers fins ?
– Non. Rassurez-vous. Celui-là était le plus important. Pour les suivants, vous pourrez déléguer !
– Soit. Alors, je vous délègue officiellement pour ce genre de sauteries, Verdier.
– Si vous voulez. Mais moi, je déléguerai à mon tour, n'en doutez pas !

Nous fîmes le reste du trajet en riant comme deux bossus. Je crois même qu'à un certain moment, j'assénai une bourrade au commandant qui faillit perdre l'équilibre. D'ailleurs, ne venais-je pas de l'appeler Verdier, comme s'il était un vieux frère ? Peut-être était-ce un juste défoulement après un interminable repas où tous les convives – nous y compris – étaient un peu contraints : dans leur mise, dans leurs manières, dans leurs propos ou contraints de répondre à l'invitation, tout simplement.

Les jours qui suivirent furent très actifs, mais sans incident notable. Je fus très pris par l'arrivée du camion de déménagement et parvins à meubler un salon et deux chambres. Les autres pièces allaient certainement servir de débarras.

J'étais en poste depuis une quinzaine de jours lorsque le 25 novembre au matin, vers dix heures, le téléphone sonna sur mon bureau.

Ce n'était certes pas la première fois qu'il sonnait mais cette fois-là, je savais que la sonnerie n'annonçait rien de bon. Elle avait une tonalité péremptoire qui vibrait comme une alerte. En décrochant le combiné et en le portant à mon oreille, avant même d'avoir entendu mon interlocuteur, je sentis comme un étau se former autour de mon estomac :
– Bonjour, mon colonel. Ici, le capitaine Orion.
– Bonjour, mon capitaine.
– Nous partons avec les gars de la BR pour une découverte de corps, près d'Aumont-Aubrac. C'est au nord du département.
– Où, précisément ?
– A Buffeyrettes, mon colonel.
– Mort suspecte ?
– Pour ça, oui. Il manque la tête.

– Comment ça ?
– C'est ce qu'a dit le témoin au téléphone. C'est un paysan qui traversait son champ pour aller surveiller les bêtes à l'abreuvoir, un peu plus loin. Pas de tête sur place, ni à proximité immédiate. Le pauvre gars, il est dans tous ses états.
– Attendez, mon capitaine, je descends. Je viens avec vous.
– A vos ordres, mon colonel.

chapitre 3

Le peu d'informations dont disposait la Brigade de Recherches provenait de l'appel téléphonique du témoin. En faisant route vers Aumont-Aubrac, le capitaine me rendit compte de tout ce qu'il savait :

– Le témoin s'appelle Germain Dumont. C'est un paysan sans histoires. Inconnu de nos services. Il traversait le champ, comme à l'ordinaire. Il traverse ce même champ tous les matins depuis plus de vingt ans. Le corps était à moitié en travers du chemin, à moitié dans les buissons. Il a tout de suite vu que c'était un corps de femme, à cause de la jupe. Il a cru à un malaise et a voulu la tirer vers lui pour lui sortir la tête du buisson. C'est là qu'il a vu qu'elle n'avait plus de tête. Il a couru vers sa ferme et nous a appelés tout de suite. Il hurlait comme un fou. Une sale histoire, mon colonel.

– S'il a couru immédiatement vers la ferme, il ne peut pas être certain que la tête de la victime ne soit pas à proximité, peut-être même dans le buisson.

– Il avait l'air de dire que non, pourtant. Nous y serons dans quelques minutes.

Nous étions suivis par trois autres véhicules de la gendarmerie et notre passage dans les petits bourgs qui s'égrenaient le long de la nationale 106 constituait un petit événement pour les habitants.

Enfin, nous arrivâmes dans le hameau de Buffeyrettes.

Je fus le premier à me pencher sur le corps et le regrettai aussitôt. J'aurais préféré être averti du sinistre spectacle qui s'étalait à mes pieds afin de pouvoir m'y préparer.

Quoi qu'on dise, les enquêteurs, qu'ils soient gendarmes ou policiers, ne s'habituent jamais à la vision d'une mort violente.

La femme, ou ce qu'il en restait, était, certes, dépourvue de tête, mais elle portait également de profondes plaies sur tout le corps. Aucune parcelle de ses membres et de son buste ne semblait avoir été épargnée. En revanche, il y avait très peu de sang sur le corps et sur l'herbe environnante. J'en conclus logiquement qu'elle n'avait pas été tuée sur place. Au niveau du cou, la tête était tranchée net, vraisemblablement à l'aide d'un outil très acéré.

Je me détournai vivement, réprimant un hoquet annonciateur de dérangements digestifs. Je fis quelques pas vers le capitaine et lui décrivis les blessures. Lui, au moins, serait averti.

Autour du cadavre s'affairaient déjà les TIC (les Techniciens en Identification Criminelle) de la Brigade de Recherches. Photographies, prélèvements de brindilles autour et sur le corps, prélèvements sur la semelle des chaussures de la victime, rien n'était laissé au hasard. Un autre gendarme enveloppait les mains de la malheureuse dans des poches en plastique, pour préserver les indices susceptibles d'être retrouvés sous les ongles, dans l'hypothèse où la victime se serait débattue et aurait griffé l'agresseur.

Ces traces de peau – de taille infime – sous les ongles d'un cadavre avaient souvent permis, grâce à une recherche ADN, de confondre l'auteur du crime.

Je le regardai faire un instant puis m'approchai de lui :

– Votre nom, s'il vous plaît ?

– Je suis le chef Marquet, mon colonel.

– Qui vous a appris à envelopper les mains des victimes dans des sacs en plastique ?

– C'est pour préserver d'éventuelles traces de...

Je lui coupai la parole, un peu agacé qu'il se permette de me donner un cours de police scientifique :

– Je sais à quoi servent ces prélèvements, chef, mais ne vous a-t-on pas dit que le plastique dégradait la matière cellulaire et qu'il fallait utiliser des pochons en papier kraft ?

Le chef Marquet me regarda quelques secondes puis baissa la tête, penaud. Il parvint à grand peine à marmonner :
– Nous... on ne m'a pas dit... nous n'en avons pas... alors, je...
– Demandez qu'on aille vous en chercher, tout simplement, chef, et ne vous en faites pas, c'est une erreur très répandue.

Bizarrement, la certitude qu'il commettait la même erreur que des centaines de gendarmes et de policiers à travers la France ramena un léger sourire sur ses lèvres :
– Certainement, mon colonel. Je vais téléphoner pour qu'on m'apporte des sacs en papier kraft !

Le ballet des TIC dura plus de deux heures. Enfin, le corps fut enveloppé dans une bâche – en plastique, celle-là – et acheminé vers la morgue de l'hôpital local, en attendant son transfert à Montpellier pour autopsie.

Les recherches entreprises par une vingtaine de mes hommes près du corps et jusqu'à cinq cents mètres autour du lieu du crime ne permirent pas de retrouver la tête de la victime.

Ce n'était pas la première fois qu'une scène de crime me soulevait l'estomac. Mais ce jour-là, je ressentis une étrange anxiété dont j'ignorais la cause. Ce fut le capitaine Orion, sur le chemin du retour, qui me mit sur la voie :
– Vous avez vu ce carnage, mon colonel ?
– Je n'ai que trop vu, oui...
– C'est bizarre, ces marques sur tout le corps, vous ne trouvez pas ?
– C'est-à-dire ?
– Ben, je ne sais pas, on dirait... enfin, ce n'est pas courant, en tout cas.
– On dirait quoi, mon capitaine ? Dites franchement le fond de votre pensée.
– Vous allez me prendre pour un...
– Je vous prends pour un enquêteur sur la trace d'un criminel, mon capitaine. Un enquêteur qui utilise les données objectives, les témoignages, la police scientifique mais également beaucoup de bon sens et… une pincée de flair.
– On dirait qu'elle a été mordue sur tout le corps, mon colonel.

L'étau qui m'avait enserré l'estomac lorsque j'avais décroché le combiné du téléphone, trois heures plus tôt, se reforma instantanément.

L'heure du déjeuner était passée depuis longtemps. D'ailleurs, j'aurais été bien incapable d'avaler le plus petit morceau. Vers quinze heures, nous étions réunis à la caserne pour faire un bilan des premiers éléments d'enquête dont nous disposions.

J'avais alerté le procureur de la République à la mi-journée et devais le rencontrer au tribunal à l'issue de la réunion. Je ne savais toujours pas son nom et, faute de mieux, comptais le saluer du traditionnel "mes respects, monsieur le Procureur".

La réunion avec mes subordonnés tourna court, tant étaient maigres les éléments en notre possession.

La victime n'était pas encore identifiée. Elle semblait avoir une soixantaine d'années, peut-être plus. Il est assez périlleux de vouloir mettre un âge sur un corps dépourvu de tête. La femme était vêtue d'une jupe en lainage vert et d'un manteau gris. Elle portait des chaussures grossières, sans collants ni chaussettes. Les poches du manteau ne contenaient rien qui puisse contribuer à son identification immédiate. Les enquêteurs en avaient extrait un mouchoir en papier, un trousseau de clefs et un vieux porte-monnaie en cuir fripé contenant vingt-trois francs et quarante-cinq centimes.

Le témoin qui avait alerté les gendarmes affirmait que le corps était absent le soir précédent, vers vingt heures, lorsqu'il était passé pour rejoindre sa ferme. Nous pûmes donc en déduire que le cadavre avait été amené là entre vingt heures, la veille et neuf heures quarante-cinq, ce matin-là, heure de la macabre découverte.

Le corps avait déjà pris la direction de l'Institut médico-légal de Montpellier où l'autopsie devait être pratiquée dès le lendemain matin.

Je collectai les premiers procès-verbaux établis par les gendarmes de la BR et quelques photographies des lieux et du corps, que le chef Marquet – peut-être pour faire oublier sa bévue – avait développées en un temps record au labo de la caserne.

En arrivant au tribunal, j'eus la satisfaction de découvrir le nom du procureur écrit en toutes lettres sur une plaque murale, près de la porte de son bureau : François Berthier.

Il me reçut immédiatement et me fit asseoir. Dans son cadre professionnel, il était moins réservé que lors du dîner de notables, quinze jours auparavant. Il semblait même regorger d'assurance, mais cette autorité naturelle ne me le rendait pas antipathique, au contraire.

Après s'être enquis du déroulement de l'enquête, il prit connaissance des documents que j'avais apportés. Il s'attarda sur les photographies du corps, qui ne cachaient rien des blessures inhabituelles stigmatisées par le capitaine Orion. Enfin, il releva la tête et m'interrogea du regard. J'interprétai immédiatement le sens de sa question muette :
– Le capitaine Orion a fait remarquer que ça ressemblait à des morsures. Pour avoir vu le corps de très près, je partage son avis, monsieur le Procureur.
– Des morsures ?
– L'autopsie nous en dira plus, évidemment. Une chose est sûre : elle porte des traces sur tout le corps – jambes, torse et bras – et il ne s'agit pas de blessures occasionnées par une arme blanche ou toute autre arme tranchante.
– Comment pouvez-vous en être certain, mon colonel ?
– Et bien, voyez-vous, chacune des plaies présente, à son pourtour, des… enfin… plusieurs trous sanglants. Vous avez certainement déjà vu la main de quelqu'un qui s'est fait mordre par un chien ? C'est particulier comme plaie. Difficile de se méprendre…
– Autrement dit, cette femme aurait été mordue par un chien, sur tout le corps. Mais de quoi est-elle morte ?
– C'est le problème : les morsures ne semblent pas mortelles. D'ailleurs, un animal n'aurait jamais pu lui trancher la tête de cette manière, du moins je ne crois pas. Par ailleurs, il y avait très peu de sang, sur place. Or, une décapitation occasionne une très forte hémorragie. Elle a pu être tuée ailleurs. C'est même vraisemblable.
– Aucune identité ?
– Pas pour l'instant. Mais nous en saurons peut-être plus en soirée, si quelqu'un s'inquiète de ne pas la voir rentrer et signale sa disparition.
– Bon. Tenez-moi informé, quelle que soit l'heure...

– Sans faute, monsieur le Procureur.

Une quinzaine de gendarmes de la BR et de la Compagnie étaient repartis à Buffeyrettes, en début d'après-midi, pour ratisser le terrain à la recherche de la tête. Je les imaginais, cheminant en colonnes, les yeux fixés au sol, la pensée écartelée entre la nécessité de trouver d'urgence ce qu'ils cherchaient et la secrète envie de revenir bredouilles.

Pour ma part, je restai dans mon bureau, les procès-verbaux et les photographies étalés devant moi. Mon esprit fonctionnait au ralenti, comme s'il avait voulu s'accorder le temps d'absorber la vision du corps supplicié qui s'y était gravée.

L'appel que nous attendions parvint au poste de commandement à dix-huit heures : un dénommé Pierre Granier, qui tenait une exploitation agricole avec sa mère à Badaroux, près de Mende, s'étonnait de son absence injustifiée. Je demandai le transfert de l'appel dans mon bureau :
– Ici, le colonel Doucet, je vous écoute, monsieur...
– C'est à propos de ma mère, Geneviève Granier. Déjà, ce matin, lorsque je suis arrivé à sept heures à la ferme, les bêtes gueulaient. Elles n'avaient pas encore eu la traite. C'était bizarre parce que ma mère est toujours levée dès six heures. Alors, j'ai trait les vaches et j'ai attendu. Je me suis dit qu'elle avait peut-être eu un appel urgent, tôt le matin. Ce soir, elle devait faire la traite à cinq heures, et toujours personne. Elle rentre toujours au plus tard à cinq heures, enfin je veux dire dix-sept heures, pour s'occuper des vaches. Ça fait vingt ans que je tiens l'exploitation avec elle, depuis que mon père est mort et elle n'a jamais raté la traite, alors vous comprenez...
– Elle a coutume d'aller où, quand elle quitte la ferme ?
– Ça dépend. Elle va aux courses, en ville. Ou alors, elle va chez sa sœur, à Mende. Mais elle ne rentre jamais après cinq heures. J'ai téléphoné chez ma tante : ma mère n'y est pas passée aujourd'hui. On est tous très inquiets. Son vélo n'est plus là. Elle a dû partir avec.
– Vous n'habitez pas avec elle ?
– Non. Ma maison est à cinq cents mètres, mais c'est comme qui dirait qu'on habite ensemble.
– Quand elle va en ville, utilise-t-elle une voiture ?

– Non, elle va en vélo. Elle n'a jamais passé le permis. C'est moi qui la conduis quand elle doit faire les grandes courses à Super U.
– Quel âge a votre mère, monsieur Granier ?
– Elle va sur ses soixante-huit.
– Savez-vous comment elle était habillée, ce matin ?
– Elle porte presque toujours la même chose, sauf pour aller à la messe, le dimanche. Elle avait une jupe en laine verte et un manteau gris.
– Pouvez-vous venir à la brigade de gendarmerie de Mende, monsieur ?
– Il lui est arrivé quelque chose ? C'est ça ?
– Nous vous expliquerons mieux tout cela de vive voix, monsieur. Je vous attends.

Je raccrochai avant que Pierre Granier n'ait eu le temps de me poser la redoutable question : "elle est morte ?". D'ailleurs, j'aurais été bien en peine de lui répondre avec certitude. Il nous fallait d'autres éléments pour nous assurer que le corps sans tête retrouvé à Buffeyrettes était celui de Geneviève Granier.

Pierre Granier arriva dix minutes plus tard et fut immédiatement introduit dans mon bureau. Il s'assit, les bras ballants, sur la chaise qui me faisait face. Il savait déjà qu'un drame venait de le frapper, même s'il en ignorait encore les détails sordides. En captant mon regard, il semblait vouloir implorer ma pitié, comme si le contenu des événements avait dépendu de moi. Son visage était congestionné par la vie au grand air et la boisson. Il faisait partie de ces paysans bien tranquilles qui ne posent aucun problème aux gendarmes tant qu'il ne prennent pas leur véhicule après avoir largement arrosé leur repas. Encore s'étonnent-ils de comparaître devant le tribunal correctionnel de Mende pour conduite sous l'empire d'un état alcoolique. Ils regardent alors le président du tribunal et s'exclament, en toute bonne foi : "mais, je n'avais bu que trois ou quatre pastis et une bouteille de vin rouge, j'étais pas ivre. J'vous assure, m'sieur le Président, que j'étais tout à fait en état de conduire !".

Pierre Granier attendait que je prenne la parole. A son arrivée à la caserne, le trousseau de clefs et le porte-monnaie lui avaient été présentés. Il les avait reconnus sans aucune hésitation. Il me restait à lui annoncer la mort de sa mère (dont il se doutait) et les circonstances de sa mort (qu'il était loin de pouvoir imaginer). Je le fis avec le plus de tact possible, encore qu'il soit illusoire de vouloir annoncer avec délicatesse à un fils que le corps de sa mère a été retrouvé dépourvu de tête.

Quand j'eus relaté l'essentiel de la découverte, il s'effondra. Ses sanglots, qui s'étranglaient et s'entrechoquaient dans sa gorge comme des hoquets, achevèrent de me démoraliser.

Quand ses larmes commencèrent à se tarir, je lui posai la question qui me brûlait les lèvres :

– Monsieur Granier, votre mère connaissait-elle quelqu'un à Buffeyrettes ?

– Non. Je suis sûr qu'elle n'en avait même jamais entendu causer, de ce patelin de malheur, et moi non plus !

– Et à Aumont-Aubrac ?

– Pas davantage. On y passait des fois en voiture pour rejoindre l'autoroute de Clermont-Ferrand, mais on ne s'y est jamais arrêtés. Elle n'avait rien à faire là-bas...

– Monsieur Granier, le lit de votre mère est-il défait ?

– Non. D'ailleurs, je ne l'ai jamais vu défait. Elle le refait dès qu'elle met le pied par terre, le matin.

– A quelle heure l'avez-vous vue hier soir ?

– On a mangé chez elle, comme d'habitude. On mange tôt. On a dû finir vers huit heures, et je suis rentré chez moi. Ma mère se couche toujours vers les neuf heures.

Pierre Granier éclata une nouvelle fois en sanglots déchirants. Son audition officielle, consignée sur procès-verbal, pouvait attendre le lendemain matin. Il n'était plus en état de subir une quelconque épreuve.

Je chargeai donc un gendarme de le raccompagner chez lui.

A bien y réfléchir, j'étais persuadé que Geneviève Granier ne s'était pas couchée la nuit précédente. Si elle avait reçu un appel téléphonique urgent, au cœur de la nuit, elle n'aurait certainement pas refait son lit. L'appel – ou tout autre événement qui l'avait amenée à quitter son domicile – était forcément survenu avant sept heures, ce matin-là, puisqu'elle n'avait pas pu s'occuper de ses vaches. Mais pourquoi, dans cette hypothèse, n'avait-elle pas téléphoné à son fils pour qu'il s'en charge ? La réponse était évidente : à l'heure où Geneviève Granier était sortie de chez elle – quel qu'en soit le motif – elle pensait revenir à temps pour s'occuper des bêtes. Or, le lit n'était pas défait. Elle était donc sortie avant de se coucher, entre vingt heures et vingt et une heures.

Je me demandais ce qui avait pu pousser une femme de soixante-huit ans à enfourcher son vélo, à la nuit tombée, pour aller se faire tuer à plus de quarante kilomètres de là, dans un hameau dont elle ne soupçonnait même pas l'existence. Cette affaire ne me plaisait pas du tout.

Les hommes de la BR étaient revenus bredouilles du ratissage opéré à Buffeyrettes.

Je leur donnai l'ordre de rechercher désormais en priorité le vélo de la victime. A la question du capitaine Orion "où souhaitez-vous que l'on mène les investigations ?" j'avais été contraint de rétorquer un lamentable "où vous pouvez". Je m'étais rarement senti aussi inutile.

Je parvins à joindre le procureur sur son téléphone portable et lui demandai l'autorisation de faire une réquisition à France Telecom afin d'obtenir une remontée d'appels sur la ligne de Geneviève Granier. Il me l'accorda et me demanda même de ne pas limiter la remontée d'appels au seul jour du meurtre, mais d'identifier les appels au départ et à l'arrivée de la ligne de l'abonnée pour l'ensemble des mois de septembre, octobre et novembre. Il pouvait s'y trouver un indice intéressant.

Je décidai de faire un tour en ville pour m'oxygéner l'esprit.

Je refis le trajet vers le centre ville en empruntant les ruelles moyenâgeuses et passai devant la vitrine d'une librairie qui faisait l'apologie de la bête du Gévaudan. Je m'arrêtai un instant pour étudier la silhouette emblématique du loup, pelage noir, oreilles pointues, gueule ouverte, canines saillantes, langue rouge pendante, dressé sur ses pattes postérieures griffues. Je me surpris à murmurer :

– Eh, la bête… tu n'es pas revenue, quand même ?

Cette sortie spontanée eut au moins le mérite de me faire sourire. Bizarrement, l'étau qui m'enserrait l'estomac depuis plusieurs heures se volatilisa et je constatai, avec satisfaction, que j'avais grand faim. C'était, à n'en pas douter, une faim de loup.

Je dînai dans un petit restaurant de la vieille ville et rentrai directement à la caserne. Verdier m'apprit que le vélo n'avait pas été retrouvé et qu'un médecin avait été appelé au chevet de Pierre Granier, victime d'un malaise.

Je me doutais que, pour ce paysan célibataire, sa mère représentait tout son décor, tout son monde et peut-être sa seule justification à vivre. Qu'allait-il devenir, désormais ?

De retour dans mon appartement vide, je me glissai frileusement entre les draps, en attrapant au passage le livre acheté deux semaines auparavant et que je n'avais pas eu le temps d'ouvrir : *La fabuleuse histoire de la bête du Gévaudan.*

J'appris ainsi que la première attaque de la bête avait eu lieu à Langogne, au nord-est de Mende, dans le courant du mois de juin 1764. La bête, sortie de nulle part, avait fondu sur une paysanne qui gardait ses vaches. La malheureuse avait réussi à se défendre en brandissant un bâton et était finalement parvenue à mettre la bête en fuite. Redescendue au bourg, elle avait raconté sa mésaventure : *"la bête qui m'a attaquée ressemble à un gros loup, mais ce n'en est pas un. Sa tête est plus grosse, plus allongée ; elle est rousse et porte une raye noire tout le long du dos. Elle n'a pas cherché à s'en prendre au bétail, c'est moi qu'elle voulait dévorer !"*.

Le récit sembla fantaisiste et personne ne la crut. Mais, à la fin du mois de juin, une fillette originaire de Saint-Etienne-de-Lugdarès fut retrouvée, le corps en partie dévoré. Des battues furent alors entreprises dans le courant de l'été par des groupes de chasseurs, mais la bête resta introuvable et les morts s'accumulèrent : le 1er septembre 1764, un garçon de quinze ans, dévoré près de Chaudeyrac. Le 6 septembre, une habitante de Châteauneuf-de-Randon, prise à la gorge par l'animal, mourut exsangue. Entre le 10 et le 20 septembre, l'animal fit encore deux victimes à proximité de la forêt de Mercoire. Les miraculés qui avaient pu échapper aux crocs impitoyables se prirent alors à décrire la bête avec beaucoup de précision :

" Elle est bien plus grande qu'un loup. Elle a le museau approchant de celui d'un cochon, les soies fort longues, ce qui semblerait caractériser une hyène (...) Elle a la tête large, très grosse, allongée comme celle d'un veau et terminée par un museau de lévrier. Le poil est rougeâtre, rayé de noir sur le dos (...) Quand elle chasse, elle se couche ventre à terre et rampe (puis) elle s'élance sur sa proie (...) Elle est friande du sang, des mamelles et de la tête, lèche la terre s'il y a du sang".

Friande de la tête ? Non, je ne devais pas me laisser emporter par mon imagination débridée.

Nous étions au XXIe siècle et j'attendais beaucoup de l'autopsie qui devait être pratiquée le lendemain. Elle apporterait des réponses scientifiques et incontestables quant aux causes exactes de la mort.

Je poussai un soupir indécis, dérisoire, refermai le livre et le posai sur la moquette. Entre XVIIIe et XXIe siècle, j'avais eu mon content de carnages pour la journée. L'histoire de la bête du Gévaudan pouvait attendre.

Que n'ai-je poursuivi ma lecture, ce soir-là. Il aurait suffi de quelques pages supplémentaires pour que l'enquête prenne une tournure inattendue et que naisse en moi une bête d'un autre genre, mais tout aussi immonde : la peur.

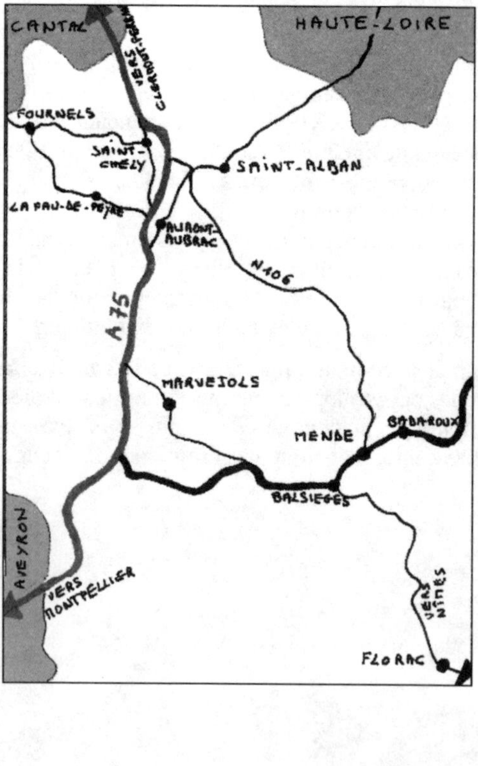
CANTAL
HAUTE-LOIRE
VERS
FOURNELS
SAINT-CHELY
SAINT-ALBAN
LA FAU-DE-PEYRE
AUMONT-AUBRAC
N106
A 75
MARVEJOLS
MENDE
BADAROUX
BALSIEGES
AVEYRON
VERS MONTPELLIER
VERS NIMES
FLORAC

chapitre 4

Le lendemain, je descendis dès huit heures à la salle de commandement. L'autopsie devait être pratiquée à partir de neuf heures et je passai la matinée dans une impatience fébrile. J'avais demandé au capitaine Orion, qui assistait à l'examen approfondi du corps avec le chef Marquet, au centre hospitalier de Montpellier, de me téléphoner dès que possible pour me communiquer les premiers éléments fournis verbalement par le médecin légiste, le professeur Baco.

Vers dix heures, une vingtaine de mes hommes étaient repartis à Buffeyrettes pour tenter de retrouver le vélo de la victime et – accessoirement – sa tête. Accessoirement, car il m'apparaissait plus plausible de découvrir, dans un buisson ou au bord d'un fossé, le vélo de la victime que le reste macabre. Le meurtrier qui avait sauvagement escamoté la tête de Geneviève Granier ne voulait vraisemblablement pas qu'elle soit retrouvée.

A onze heures, l'enquête repartit, ou plutôt partit enfin sur de bonnes bases : le vélo de la victime, formellement reconnu par son fils, avait été retrouvé non pas dans le nord du département mais à trois kilomètres de chez elle et à deux kilomètres de Mende, sur la berge du Lot. Cette découverte était le premier élément logique de cette sale affaire : la veuve Granier n'avait pas pédalé sur un trajet de quarante kilomètres dans une nuit noire et venteuse de novembre, à la rencontre de son assassin.

La bicyclette n'était pas accidentée. Elle reposait sur l'herbe, en bordure du cours d'eau, comme si on l'y avait délicatement déposée avant de partir en promenade. Ce détail était d'importance : la victime avait visiblement rencontré son meurtrier à cet endroit et l'avait docilement suivi.

Le vélo fut immédiatement placé sous scellés et rapporté à la caserne. C'était notre pièce à conviction n°1. Les enquêteurs de la BR avaient ratissé la berge autour du vélo durant plus de deux heures mais n'avaient rien découvert qui pût faire avancer les recherches, et notamment aucune trace de lutte, ce qui me confortait dans l'idée que la victime avait suivi son agresseur sans broncher. Une recherche de traces papillaires avait été réalisée sur l'ensemble de la structure métallique du vélo.

Le capitaine Orion appela vers une heure de l'après-midi :

– Ça y est, mon colonel, on a fini.
– Bon. Pas trop dur ?
– Non. J'ai l'habitude. D'ailleurs, le fait qu'elle n'ait pas de tête a facilité les choses. Difficile de croire qu'on ait affaire à la découpe méthodique d'un être humain.
– Qu'avez-vous appris d'intéressant ?
– Pas mal de choses, mon colonel. J'ai près de moi le professeur Baco. Souhaitez-vous lui parler directement ?
– Mais, bien volontiers mon capitaine.
– Allô ?
– Je n'ai pas le plaisir de vous connaître, professeur. Je ne suis arrivé en Lozère qu'au début du mois.
– Je sais, le capitaine m'a expliqué ça. Que voulez-vous savoir ?
– Eh bien, tout. Enfin, tout ce que vous pouvez me dire à première vue.
– D'après l'état du corps, je dirais qu'elle est morte entre vingt-deux heures et minuit. En tout cas une à deux heures maximum après avoir pris son repas. Autre chose : le corps a été déplacé.
– Vous en êtes certain, professeur ?
– Absolument. Voyez-vous, quand une personne meurt, le sang ne coagule plus dans les vaisseaux. Les cellules rouges s'amassent dans les parties basses du corps, sauf aux points

de contact avec le sol. Mais ces taches peuvent se déplacer jusqu'à dix ou douze heures après la mort, notamment si la position du corps est modifiée. Ensuite, elles sont fixes. Or, les taches relevées sur le corps sont en totale contradiction avec les points de contact au sol, sur les lieux de la découverte. Cela ne peut indiquer qu'une seule chose : il y a eu manipulation du cadavre.

– Bon. Je m'en doutais un peu. Les blessures ?

– Elle porte quatorze plaies : sept aux jambes, cinq aux bras et deux au torse. Toutes les plaies sont de même dimension.

– Avec quoi peut-on infliger ce genre de plaies ?

– A part avec des dents, je ne vois pas.

– Ce sont des morsures, alors ?

– Oui. Indiscutablement. Mais elles ne sont pas mortifères. Je veux dire par là qu'elles n'ont pas pu causer la mort, elles sont beaucoup trop superficielles et aucune d'entre elles n'a atteint un organe vital. D'ailleurs, elles ont toutes été infligées après la mort.

– Après la mort ?

– Oui, pas l'ombre d'un doute sur ce point. Parfois, notre science est approximative, et dans ce cas, nous le signalons dans nos rapports à grand renfort de conditionnel. Mais là, je suis formel : tant la décapitation que les morsures ont été pratiquées post mortem. Les plaies ne présentent pas une goutte de sang, c'est suffisamment rare pour être relevé. Je pense qu'elles ont été infligées bien après la mort, peut-être une ou deux heures après. Nous avons fait des prélèvements dans chaque plaie, en vue d'une recherche ADN. Les gènes sont généralement assez bavards. Si le corps porte des traces d'ADN qui n'appartiennent pas à la victime, alors elles ont été laissées par… le mordeur.

– Pensez-vous qu'il s'agisse d'un homme ? D'un animal ?

– Sur ce point, je préfère ne pas m'avancer. A priori, les traces relevées sur le corps font davantage penser à des crocs d'animal, de canidé, plus exactement.

– Vous pensez qu'un chien aurait pu s'acharner sur elle de manière aussi féroce ?

– Non, justement, et c'est ça qui me turlupine...

– A-t-elle subi des violences sexuelles ?

– Aucune trace. Là-dessus, aucun doute. Vous aurez mon

rapport d'autopsie sous quinzaine. Si je découvre autre chose de particulier, je reprendrai contact avec vous.
– Merci, professeur.

En reposant le combiné, l'expression "mise en scène" s'imposa à mon esprit. Le meurtrier avait tué – j'ignorais encore comment – Geneviève Granier puis s'était laborieusement livré à une macabre mise en scène. Il avait peut-être dressé un chien féroce et lui avait laissé le corps en pâture. Puis, il l'avait décapité et amené à Buffeyrettes.

Cette hypothèse transsudait l'absurde par tous les pores. Il ne pouvait s'agir que du geste insensé d'un psychopathe. Si tel était le cas, les psychiatres chercheraient à construire un scénario logique. Je croyais déjà entendre leurs analyses obscures : à l'âge de deux ans, le sujet avait investi pleinement le visage de sa mère, par un syndrome de "psychopatho-je ne sais quoi" raison pour laquelle il avait voulu supprimer le visage de la femme, symbole haï de sa frustration. Quant aux morsures, elles ne seraient qu'un retour du refoulé en âge de têter le sang maternel originel, ou quelque chose d'approchant. J'avais souvent assisté à ce type de déposition orale à la barre des cours d'assises et m'étais amusé à observer la mine ahurie des jurés, qui ne saisissaient pas un traître mot de l'exposé de l'expert.

L'enquête de voisinage menée à Badaroux durant l'après-midi n'avait rien révélé de particulier. Geneviève Granier vivait en tous points comme vivent des milliers de femmes d'agriculteurs après la mort du mari : elle avait repris la ferme vingt ans auparavant, aidée de son fils. Elle n'avait pas d'autres enfants, pas d'amis, juste quelques voisins avec qui elle échangeait les traditionnelles phrases de salutation, et les vœux de bonne année. Sa sœur, qui habitait Mende, ne put rien nous apprendre de plus. Le passé de la veuve Granier, comme son présent, était limpide voire incolore. Autrement dit, rien ne la prédisposait à mourir dans de telles conditions.

Lorsque je montai me coucher, fatigué et découragé, le capitaine Dufy me fit l'honneur de me raccompagner jusqu'à ma porte. Je sus à l'instant même que l'opération "chien fidèle" était amorcée. Je lui proposai donc de rentrer boire un verre, ce qu'il accepta après avoir tergiversé maladroitement durant quelques instants, en dansant d'un pied sur l'autre sur mon paillasson.

La conversation fut assez brève mais agréable. Nous devisâmes durant quelques minutes en sirotant un peu de cognac dont j'avais judicieusement fait l'acquisition la veille. Il m'étonna par son sens aigu de la synthèse et par son à-propos :

– Si ce salaud fait une mise en scène, alors il s'arrangera pour qu'on retrouve rapidement la tête, histoire de maintenir la pression.

– A propos de pression, comment réagit la presse ?

– Ils ne savent pas pour la tête, mais la Lozère est un petit département, ils seront vite renseignés. Pour l'instant, on leur a dit l'essentiel : l'identité de la victime, et la découverte du corps à plus de quarante kilomètres de son domicile. Je ne garantis pas qu'il n'y ait pas eu de fuite au niveau de la brigade d'Aumont-Aubrac. On verra bien demain, en lisant les journaux. Le capitaine Orion organise un point presse, demain à dix heures. Souhaitez-vous y assister ?

– Pas vraiment, non. Le capitaine fera ça très bien sans moi. L'essentiel, c'est qu'il ne fasse pas état des blessures. Je ne voudrais pas que la Lozère soit prise de panique.

– J'ai une drôle d'impression, dans cette affaire...

– Ah oui ? Dites, mon capitaine. Votre avis m'intéresse. Vous connaissez mieux que moi ce pays.

– Eh bien, je crois que c'est une vieille histoire.

– Pourquoi ?

– Je ne sais pas. Comme si le meurtrier avait surgi du passé.

– Le problème, c'est qu'on lit dans le passé de Geneviève Granier comme dans un livre ouvert. Qui aurait pu vouloir la massacrer ainsi ?

– Aucune idée, mais ce meurtre ressemble à une vengeance, mon colonel. Une vengeance longuement mûrie, pétrie, idéalisée puis mise en scène et rendue publique. Un peu comme un spectacle, le soir de la première. Vous voyez ce que je veux dire ?

– Oui, très bien. Et puis ?

– Peut-être y a-t-il eu erreur sur la personne ?

– Vous croyez ? Cela expliquerait, en tout cas, pourquoi le passé de Geneviève Granier ne recèle rien de notable. Mais

comment le meurtrier a-t-il pu se tromper, lui qui aurait concocté cette boucherie de longue date ?
– Sa vengeance est peut-être ancienne, mais rien ne dit qu'il connaissait la victime.
– Là, je ne vous suis plus.
– Imaginez un enfant abandonné à la naissance. Ce n'est qu'un exemple, bien sûr. Il passe sa vie à rechercher celle qui l'a mis au monde, la femme adorée tout autant qu'abhorrée.
– Comme c'est joliment dit.
– Fatalement, il finit par la retrouver, ou du moins, il croit l'avoir identifiée. Il l'attire sur les berges du Lot, l'emmène chez lui, lui assène un coup de gourdin à la tête. La malheureuse en meurt. Alors, il fait sa mise en scène, met le corps dans sa voiture et...
– Et...?
– Pourquoi Buffeyrettes ? C'est ça que vous voulez dire ? Je n'en sais rien. Peut-être habite-t-il à proximité.
– Mais comment aurait-il convaincu la veuve Granier de monter dans sa voiture, alors qu'elle ne le connaissait pas ? A fortiori s'il lui a dit "je suis ton fils". Elle était bien placée pour savoir qu'elle n'en avait qu'un qui l'attendait sagement à la ferme !
– Je reconnais que c'est un peu tiré par les cheveux. Bon, sur ce, je vais vous laisser vous reposer.
– Merci. Encore une fois, votre hypothèse n'est pas inintéressante. L'idée d'une erreur sur la personne est même assez séduisante. Je vais y réfléchir.
– Bonne nuit, mon colonel.
– Bonne nuit, Dufy. Je peux vous appeler Dufy ?
– Avec plaisir, mon colonel.
– Ne faites pas de mauvais rêves !

En refermant la porte, je poussai un petit soupir de satisfaction. Le capitaine Dufy – Dufy pour les intimes – avait été fidèle à mes pronostics.

La tête fut découverte le lendemain, à la mi-journée, par un habitant d'Aumont Aubrac, dans un bois situé à un kilomètre de Buffeyrettes. Il eut tout d'abord du mal à distinguer ce qu'il avait sous les yeux. Lorsqu'il comprit enfin de quoi il s'agissait, il se précipita vers sa voiture pour attraper fébrilement son téléphone portable.

Je me rendis immédiatement sur place, accompagné du capitaine Orion et de trois TIC. Nous trouvâmes le témoin assis sur le capot de sa voiture, le visage livide, le regard décomposé par le dégoût. Nous n'eûmes pas la cruauté de lui infliger une nouvelle fois la terrible vision et nous contentâmes de ses indications approximatives, fournies la main tendue en direction d'un groupe de pins, distant d'une cinquantaine de mètres.

Le capitaine Orion fut le premier à poser les yeux sur le reste macabre. Il cria presque :

– Elle est là ! Bon sang, mais qu'est-ce que c'est que ce truc ?

J'eus moi-même du mal à réaliser qu'il s'agissait d'une tête humaine. Le crâne était brisé et le visage était criblé de blessures.

Un TIC s'empressa de baliser, en prenant appui sur les troncs d'arbre environnants, un périmètre de sécurité. Pour ma part, j'en avais assez vu et retournai vers le témoin :

– Votre nom, monsieur ?

– Gérard Andros.

– Racontez-moi les circonstances de la découverte.

– Ça m'évitera de passer à la brigade ?

– Non, vous devrez y passer, quoi qu'il en soit, pour que votre déposition soit rédigée sur procès-verbal et signée.

– C'est que… c'est tellement moche que j'ai pas envie de raconter ça deux fois.

– Écoutez, monsieur Andros, je comprends très bien votre état de choc, mais toutes les indications que vous êtes susceptible de nous donner peuvent faire avancer l'enquête, vous comprenez ?

– Je suis venu aux champignons. J'ai l'habitude de sillonner un peu tous les bosquets, par là.

– Où, exactement, ramassez-vous des champignons, en général ?

Gérard Andros me regarda en silence, d'un air torve et soupçonneux. Je venais, bien involontairement, de poser la question de lèse-Lozérien. Même s'il avait été le témoin direct du meurtre, il ne nous aurait pas révélé la localisation de son coin à champignons. J'en étais littéralement estomaqué mais décidai de poursuivre :

– A quelle heure avez-vous fait la découverte ?

– Je l'ai vue et j'ai tout de suite appelé la brigade d'Aumont. Dites, elle est à qui, cette tête ?

Je me souvins de la prudence du capitaine Orion lors des différents contacts avec la presse. Les journaux du matin n'avaient rapporté que l'essentiel et aucune fuite d'information ne transparaissait des articles que j'avais parcourus le matin même. A part les gendarmes et le procureur, nul ne savait que le corps de Geneviève Granier avait été mutilé.
– Nous l'ignorons encore, monsieur.
– J'aurai mon nom dans le journal ?
– Je n'en sais rien. Pourquoi ? Cela vous pose un problème ?
– Vous pourriez pas dire que j'étais en panne de voiture ? C'est possible, non ?
– Je ne vois pas l'intérêt...
– C'est rapport aux champignons. Personne n'a besoin de savoir que je ramasse dans le secteur.

J'hésitai entre l'éclat de rire et la remontrance fielleuse, puis optai finalement pour l'indifférence blasée :
– Vous pouvez disposer, monsieur. Nous vous recontacterons.

Je vis passer les TIC qui emportaient, dans un récipient similaire à une énorme thermos rectangulaire, la tête de Geneviève Granier. La boîte prendrait la même direction que le reste du corps, aux fins d'autopsie.

Je rejoignis le chef Marquet qui, penché en avant, au milieu du groupe d'arbres, semblait à l'affût de la moindre trace. Je m'arrêtai à l'extérieur du périmètre balisé, pour éviter de mêler mes empreintes à celles qui auraient pu constituer des indices :
– Vous voyez quelque chose ?
– Peut-être bien, mon colonel. Des traces de pneus. Je vais faire un moulage.
– Quel genre de pneus, à première vue ?
– Très bien dessinés, donc en bon état. Grosse cylindrée, je dirais. Mais avec le moulage, je pourrai comparer avec notre fichier et être beaucoup plus précis.
– Rien d'autre ?
– Non, rien d'autre. Quasiment pas de traces de sang, comme à Buffeyrettes. La femme n'a pas été tuée ici, c'est certain. Elle n'y a sûrement jamais mis les pieds...

Le capitaine Orion, qui passait à proximité, ne put s'empêcher de faire un bon mot :
– Les pieds, non. Juste la tête !

D'abord choqué, je me résignai à sourire. L'humour a cela de précieux qu'il nous met à distance d'une scène de crime et constitue un bon antidote au traumatisme visuel. Ce n'est pas un hasard si les endroits où l'on plaisante le plus sur la mort sont justement ceux où elle règne en maîtresse jalouse : morgues, cimetières et champs de bataille.

Tout sourire, j'y allai même d'une boutade supplémentaire :
– Au moins, on ne pourra plus dire d'elle "mais où a-t-elle donc la tête, ces temps-ci ?"

Le capitaine partit d'un grand éclat de rire qui me flatta niaisement, même si ma répartie ne m'honorait pas. Soudain, le chef Marquet s'agenouilla et fixa une touffe d'herbe :
– Tiens, c'est intéressant, ça !
– Qu'avez-vous trouvé ?
– Un caillou, mon colonel.
– Il y en a partout, des pierres, ici.
– Oui, mais ce caillou-là, il a davantage sa place dans la vitrine d'un bijoutier.
– C'est un diamant ?
– Non. Une pierre précieuse, plutôt.

Il enjamba le périmètre de sécurité et me montra la pierre, taillée en forme d'amande, qu'il avait délicatement posée sur sa paume gantée et poursuivit :
– Elle a servi de pendentif. Regardez le petit trou à l'extrémité.
– Bien vu, Marquet ! On dirait de l'améthyste.
– Oui, quartz violet. Je pencherais aussi pour de l'améthyste.
– Reste à savoir si ce bijou appartenait à la victime.

chapitre 5

Pierre Granier, invité à venir dès le lendemain à la Brigade de Recherches, ne reconnut pas la pierre. Au demeurant, il expliqua que sa mère n'avait jamais porté de bijou d'aucune sorte, hormis son alliance, qu'il avait retrouvée dans le tiroir de sa table de chevet.

Trois jours après la découverte du corps, nous avions donc deux indices qui – à défaut d'être probants – nous donnaient un début de piste : la pierre d'un pendentif et des traces de pneumatiques.

Le chef Marquet vint me trouver en début d'après-midi avec la photographie de l'empreinte et son fichier comparatif de traces au sol. Il me prouva sans difficulté que les dessins de pneus laissés dans le bois étaient ceux d'une grosse cylindrée, peut-être une Mercedes.

Je décidai de retourner voir le procureur, muni de ces quelques éléments. Je tenais surtout à lui démontrer que nous travaillions efficacement et qu'il n'était nul besoin d'ouvrir une information pour l'instant.

En effet, l'ouverture d'une information est parfois un piège pour les enquêteurs. Le juge d'instruction saisi du dossier peut fort bien décider de confier l'enquête au SRPJ de Montpellier, autrement dit à la police, ou à tout autre service avec lequel il a l'habitude de travailler. Parfois, le juge laisse les premiers enquêteurs poursuivre leurs investigations, mais je n'avais aucune assurance que le juge d'instruction de Mende procèderait ainsi.

En fait, l'ouverture d'une information permet surtout de procéder à des actes d'enquête spécifiques comme les écoutes téléphoniques ou les perquisitions sans l'assentiment du propriétaire des lieux. Mais dans l'enquête dont nous étions chargés, j'aurais été bien en peine de dire chez qui perquisitionner ou quelle ligne téléphonique mettre sous écoute et, en montant quatre à quatre les marches du palais, je forgeai le vœu que le procureur partage mon point de vue.

François Berthier m'écouta patiemment tout en regardant les traces de pneus et la pierre que nous avions placée sous scellés. S'il fut satisfait, il n'en laissa rien paraître et, lorsqu'il commença à parler, je tremblai qu'il ne m'annonce l'ouverture d'information redoutée. Alors que ma pensée galopait et que clignotait déjà dans mon esprit le mot "dessaisissement", je ne l'écoutais plus. J'entendis pourtant la fin de sa phrase :

– … me semble donc inutile, pour l'instant, de saisir le juge d'instruction. Continuez l'enquête, nous verrons plus tard.

Je l'aurais bien remercié chaleureusement, mais c'eût été déplacé. J'acquiesçai donc solennellement, le regard pénétré et complice.

Cette entrevue m'avait mis d'excellente humeur et ce fut d'un ton presque guilleret que, ayant réuni les gars de la BR, je leur annonçai que l'enquête dirigée directement par le Parquet continuait et que nous restions sur la ligne de feu.

La journée n'apporta aucun élément intéressant. Les témoins étaient inexistants. Une vingtaine de gendarmes faisaient du porte-à-porte à Buffeyrettes, dans les hameaux environnants et jusqu'à Aumont-Aubrac. Mais en Lozère, après la tombée de la nuit, personne ne circule dans les rues, encore moins sur les routes de campagne. Le passage d'une voiture de type Mercedes ou assimilé n'avait pas été remarqué. Les enquêteurs étaient revenus à la caserne, transis de froid et les jambes moulues, avec un lot de petites phrases qui fleuraient bon le terroir : "ben, ch'ui couchée, à c't'heure-ci, mon brave. Pas vous ?" - "Une voiture ? A ben, ça, oui, il en passe des voitures par ici. Mais ch'ui pas à ma fenêtre pour les contempler, moi !" - "Une Mercedes ? Moi, vous savez, j'ai qu'une vieille Renault 4, de 1968, ouais, monsieur ! Vous vous rendez compte, elle roule encore ! Et pas une panne, rien, un vrai tank, j'vous dis ! C'est pas comme les foutus engins qu'ils sortent maintenant, et j'reste poli."

Bien que les investigations n'aient pas avancé d'un iota et qu'un meurtrier fou se promenât quelque part en Lozère, je me couchai tôt et repris le livre relatant l'histoire de la bête du Gévaudan. J'avais corné la page deux jours plus tôt, à l'endroit où j'avais interrompu ma lecture :

" 10 octobre 1764 : un garçon de quinze ans qui s'en va prendre de l'eau à la fontaine, à Rimeize, voit la bête fondre sur lui. L'animal lui enserre la tête de ses crocs. Deux lavandières interviennent et, à coup de bâton, parviennent à faire fuir la bête. Le 15 octobre, l'animal est plus chanceux : il parvient à trancher la tête d'un enfant de dix ans, à Sainte-Colombe-de-Peyre".

Pris d'une inspiration inquiétante, je lus en diagonale les pages suivantes pour arriver plus vite à la date du 25 novembre 1764. La bête du Gévaudan avait-elle tué quelqu'un à la date de la découverte de la veuve Granier ? L'idée était absurde, puérile, à la limite du fétichisme. Je jouais à me faire peur. Lorsque je lus les premières lignes de la page 52, je sus que ce n'était pas un jeu. Mes mains se mirent imperceptiblement à trembler :

" Le 25 novembre 1764, la bête du Gévaudan frappa à nouveau (...) cette fois à l'autre extrémité du département. A Buffeyrettes, paroisse d'Aumont, une veuve sexagénaire, Catherine Vally, fait paître sa vache non loin du village. Ne voyant pas revenir la fermière, en soirée, des voisins partent à sa recherche. Ils retrouveront son corps décapité et criblé de morsures dans un pré. La tête ne sera retrouvée que le surlendemain, dans un bois voisin, rongée jusqu'à l'os".

Mon cerveau était engourdi, comme englué par la stupéfaction. Je dus relire une bonne dizaine de fois le passage, mécaniquement, comme un automate. Enfin, je parvins à décrocher mes yeux de l'ouvrage, me relevai et m'habillai en hâte. Mon cœur battait la chamade et j'eus quelques difficultés à boutonner ma chemise.

Au poste de commandement, on m'informa que le commandant Verdier était sorti. Je me dirigeai donc vers l'appartement du capitaine Orion. Il répondit à mon premier coup de sonnette :
– Bonsoir, mon colonel. Entrez, je vous en prie.

Je vis une femme s'activer autour de la table, pour débarrasser les restes du repas. J'avais oublié que le capitaine Orion était marié et je me sentis pris en faute comme un gamin surpris, une cigarette à la bouche, dans la cour du collège :
– Je suis désolé de vous déranger...
– Mais vous ne me dérangez pas du tout ! Vous connaissez déjà ma femme, Françoise...

Elle me salua avec une déférence excessive qui me mit mal à l'aise et partit à la cuisine nous préparer un café. Je préférais attendre qu'elle nous ait servis avant de me confier au capitaine. Il le comprit sans que j'aie besoin de l'exprimer, et parla avec un empressement feint des travaux de peinture qu'il avait prévu de réaliser dans son salon, durant les vacances de Noël. Je lui donnais la répartie comme il se doit, évaluant la couleur idéale pour l'encadrement des fenêtres afin qu'elle s'harmonise du mieux possible avec le bleu prévu pour les murs. Nous hésitions entre beige cassé et gris clair lorsque sa femme vint déposer sur la table basse un plateau de café fumant avant de s'éclipser par l'escalier menant vraisemblablement aux chambres.

– Sucre, mon colonel ?
– Oui, merci. Il se passe quelque chose d'incroyable, mon capitaine.
– Je m'en doutais un peu. Vous n'avez pas l'air dans votre assiette. De mauvaises nouvelles du côté de votre famille ?
– Non. Il s'agit de notre meurtre. Je sais pourquoi Geneviève Granier a été emmenée à Buffeyrettes, et pourquoi elle a été décapitée et mordue.

Le capitaine Orion me regarda comme si j'étais une apparition mystique. Pour ne pas mettre à dure épreuve son impatience, je lui tendis l'ouvrage ouvert à la page 52 et lui indiquai le passage qu'il lui fallait lire. Je vis ses yeux parcourir les lignes une première fois, puis recommencer la lecture. Sa réaction était identique à la mienne, quelques

minutes plus tôt. Il relisait inlassablement les quelques lignes, complètement abasourdi. Enfin, il brisa le silence d'une voix étrangement enrouée :
– C'est dingue. On a affaire à un dingue !
– Ça, sûrement. S'il se prend pour la bête du Gévaudan réincarnée, je ne vois pas comment on pourrait le juger autrement que fou à lier.
– Vous qui avez lu le début du livre, est-ce la première attaque de la bête ? Je ne me souviens plus bien de l'histoire.
– Non. La bête a commencé à frapper au printemps 1764 à Langogne. Ensuite, il y a eu une bonne vingtaine de victimes, un peu partout en Lozère, et même dans d'autres départements limitrophes, avant celle de Buffeyrettes.
– Mais pourquoi ?
– Si je le savais... En tout cas, notre meurtrier est assez cultivé ou alors bien renseigné. Il a forcément lu des ouvrages sur la bête du Gévaudan. C'est un élément à prendre en considération.
– N'importe qui a pu lire ça. C'est dans toutes les librairies mendoises.
– Oui, mais tous les Français ne lisent pas, mon capitaine. Les statistiques en la matière sont même désastreuses. Moi, je penche pour un intellectuel.
– Et si... si ce n'était pas un être humain ?
– Vous plaisantez, j'espère ? La veuve a pris rendez-vous par téléphone avec une bête qui a fait "grrrr" dans le combiné. Puis, sur les bords du Lot, l'animal est monté au volant d'une voiture et, ses griffes fermement posées sur le volant, a emmené sa victime à Buffeyrettes ?
– Non, évidemment. Mais il y a quand même les morsures.
– Si notre fou se prend pour la bête, rien d'étonnant à ce qu'il ait mordu sa victime. Ça fait plus vrai...
– Il est complètement barjo, ce type.
– En parlant avec le capitaine Dufy, avant-hier, on a émis – ou plutôt il a émis – l'hypothèse d'une vengeance.
– Une vengeance qui aurait mis plus de deux siècles à s'exprimer ?
– Comment ça ?
– Imaginons qu'une personne ait été la proie de la bête en 1764 et que personne ne l'ait défendue. Imaginons encore

qu'il y ait eu des témoins de la scène qui soient restés impassibles. Alors, un descendant de la victime s'en prend à la descendante d'un témoin resté inactif. Oui, bon, ce n'est pas génial.
– Pas très, mon capitaine. Même en Corse, il y aurait prescription après tout ce temps.
– Qu'est-ce qu'on fait ?
– Dès demain, il faut en parler à l'ensemble des enquêteurs. Réunion en salle de commandement à huit heures. Vous faites passer le message ?
– Comptez sur moi. Je peux garder le livre ?
– Je préférerais le récupérer. D'ailleurs, il ne faut pas qu'il tombe entre n'importe quelles mains.
– Vous avez raison. A demain, mon colonel.
– A demain.

Le capitaine Orion referma la porte sans bruit, avec un luxe de précautions qui m'intrigua. On aurait pu croire qu'il redoutait de réveiller une bête infâme, sournoisement tapie dans l'ombre des escaliers.

Je ne dormis pratiquement pas de la nuit. Je mis à profit mon insomnie pour continuer ma lecture. Je relevai méticuleusement les dates des attaques de la bête après le 25 novembre. C'était le minimum que je puisse faire, le criminel pouvant très bien frapper à nouveau selon le même *modus operandi.*

Debout dès six heures, j'arpentais nerveusement la salle de commandement et buvais café sur café. Enfin, l'heure de la réunion arriva. Ils étaient tous là : Verdier, Orion, Dufy, le chef Marquet et les autres TIC, sans compter une vingtaine de gendarmes de la Brigade de Recherches et de la Compagnie. A l'interrogation muette qui se lisait sur leur visage, je sus que le capitaine Orion ne leur avait rien dit et je lui en fus secrètement reconnaissant. Je me raclai la gorge, ne sachant comment commencer. Finalement, je le fis avec simplicité :
– On est dans la panade...

Tous me fixaient, n'imaginant nullement quelle serait la suite de mon propos. Je discernai dans leur regard une sorte de curiosité mêlée de crainte.

– Ce n'est pas un hasard si le criminel a emmené le corps à Buffeyrettes. Il faut que vous sachiez une chose : il se prend pour la bête du Gévaudan.

Je sentis instantanément que ma phrase était mal perçue. Les murmures de désapprobation, bien que discrets, suscitèrent en moi un léger agacement :
– Je vais vous donner lecture d'un passage de ce livre, *La fabuleuse histoire de la bête du Gévaudan*. Vous allez comprendre.

Je procédai donc à la lecture des quelques lignes qui nous intéressaient. Lorsque je me tus, un silence écrasant s'installa. Nous étions tous comme plongés dans des fonds marins, nous regardant à travers nos masques, muets et désespérés de ne pouvoir communiquer. Le chef Marquet prit sur lui de rompre cet enchantement maléfique :

– Vous pourriez nous relire l'extrait, mon colonel ?

Je m'exécutai, notant au passage qu'il m'avait fallu le lire une bonne dizaine de fois pour y croire.

Au terme de la deuxième lecture, les murmures reprirent ici et là. Nous avions – provisoirement peut-être – repris contact avec la réalité. Je m'empressai de mettre à profit cet intermède :
– J'ai posé, noir sur blanc, les ressemblances entre les deux cas : il y a le lieu, la date, l'âge de la victime, le fait qu'elle soit veuve, les traces sur son corps, la décapitation, la découverte de la tête le surlendemain dans un bois proche et jusqu'à l'état du crâne, brisé. De dissemblances, nous n'en avons que deux : la victime n'habitait pas du tout à Buffeyrettes – il a même fallu l'emmener jusque là-bas – et la tête retrouvée avant-hier n'est pas rongée jusqu'à l'os, même si elle présente de multiples plaies.

Tous les hommes acquiescèrent et je poursuivis :
– Le problème, vous vous en doutez, c'est que ce type est fou et pourrait fort bien recommencer. Nous avons un avantage sur lui : nous savons où et quand il récidivera, si tant est qu'il récidive.

Je sortis de ma poche la liste dressée au cours de la nuit et la consultai à haute voix :
– Après Buffeyrettes, la bête a attaqué le 15 décembre 1764 à Védrines-Saint-Loup – la bien nommée, par parenthèse –

plus exactement près du village de Sistrières. La victime s'appelait Catherine Chastang, elle était âgée de quarante-cinq ans.

Le chef Marquet, décidément en verve, s'exclama :
– Ce n'est pas chez nous, mon colonel. C'est en Auvergne, à trente kilomètres au nord de la Lozère.
– Je sais. Mais c'est la prochaine attaque sur ma liste. Malheureusement, on n'est pas compétents dans cette zone.
– On pourrait avertir les gars de là-bas.
– Oui, en espérant qu'ils ne nous prennent pas pour des cinglés. Mais vous avez raison, Marquet, on va les mettre en alerte. Quel jour sommes-nous ?
– Le 29 novembre.
– Bon, ça leur laisse deux semaines pour se préparer au pire. Verdier, vous vous en occupez ?
– Oui, mon colonel. Ce sera fait ce matin.
– D'autres idées ?

Mes hommes étaient sidérés, incapables de remettre en marche leurs neurones. S'ils avaient une idée un tant soit peu exploitable, elle émergerait dans quelques heures ou quelques jours. Je ne pouvais pas leur en vouloir, j'étais moi-même tétanisé.

Les jours qui suivirent furent entièrement focalisés sur la date fatidique du 15 décembre. Les gendarmes auvergnats avaient été alertés. Contrairement à mon appréhension, ils avaient pris le renseignement très au sérieux, ayant eu connaissance du terrible meurtre de Buffeyrettes. Ils ne voulaient certes pas d'une affaire similaire chez eux. Ils avaient interrogé tous les habitants de Védrines-Saint-Loup et des environs en quête d'un indice, quel qu'il fût : arrivée d'une personne étrangère à la commune, véhicule suspect sillonnant les environs ou propos de bar inhabituels. Ce faisant, ils avaient mis au jour, bien involontairement, de vieilles querelles entre habitants, des haines inextinguibles entre voisins, mais rien – a priori – qui puisse justifier un projet de carnage.

Dès le 14 décembre au matin, j'appris qu'une trentaine de gendarmes étaient postés aux divers embranchements des routes qui menaient au hameau de Sistrières et à Védrines-Saint-Loup. Parfois, un véhicule balai de la gendarmerie venait leur apporter des boissons chaudes et les gendarmes crispaient leurs mains transies de froid sur les gobelets en plastique. Le soleil se coucha puis vint la nuit. A divers endroits, dans les bois environnants, des projecteurs balayaient les troncs d'arbres chétifs, à la recherche d'une silhouette suspecte. Les habitants avaient été consignés à domicile, sous prétexte qu'un exercice anti-pollution était organisé. Il n'était pas certain que ce mensonge fît long feu, mais tout le monde avait accepté de rester chez soi, en calfeutrant portes et fenêtres. Au moins, les habitants du secteur ne seraient-ils pas victimes du fou furieux.

Une aube blafarde pointa finalement derrière les plateaux et les habitants recommencèrent à sortir de chez eux pour se rendre à leur travail. Les gendarmes, par acquit de conscience, ratissèrent la zone de fond en comble. Ils attendirent le soir pour s'assurer que nul n'était porté disparu. Deux jours plus tard, il était clair que nos pronostics étaient erronés et que j'avais fait fausse route. Jamais une erreur de diagnostic criminel ne m'avait autant réconforté.

chapitre 6

La réquisition adressée à France Telecom sur la ligne téléphonique de Geneviève Granier permit de détecter un appel reçu le 24 novembre, veille de la découverte du corps, à 20h47. L'excitation qui s'était emparée de mes hommes ne dura que quelques minutes, le temps d'identifier le numéro appelant : il s'agissait d'une cabine téléphonique située sur le trottoir face au tribunal de Mende. Au moins étions-nous certains, désormais, que la femme avait quitté son domicile après avoir reçu un appel, ce que je soupçonnais déjà.

Le rapport d'autopsie du professeur Baco me parvint dans les délais prévus et incluait les examens et analyses réalisés sur la tête. La première partie du rapport ne m'apprit rien, compte tenu de ma conversation téléphonique du mois précédent avec le professeur. Les constatations étaient décrites en termes beaucoup plus scientifiques, mais les conclusions étaient globalement identiques. Les plaies de la tête – au nombre de quatre – avaient été occasionnées par morsure et présentaient les mêmes caractéristiques que celles retrouvées sur l'ensemble du corps de la victime (taille de la plaie, traces de quatre crocs, écartement des crocs).

L'expert n'avait relevé aucune trace d'ADN étranger sous les ongles de la victime et en déduisait logiquement que Geneviève Granier n'avait pas eu l'opportunité de se défendre.

Je fus beaucoup plus perplexe en découvrant le résultat des recherches ADN dans les morsures. En regard de cette rubrique, le médecin-légiste avait écrit "néant".

Je soulevai immédiatement le combiné de mon téléphone et parvins à joindre le professeur Baco alors qu'il s'apprêtait à quitter son service. Il me le fit comprendre avec une certaine élégance :

– Non, vous ne me dérangez nullement. Je ne suis pas à cinq minutes près.

Autant dire que je ne devais pas le retenir au téléphone au-delà de ce laps de temps :

– Je m'interrogeais, professeur, sur la mention "néant", à propos des recherches d'ADN dans les morsures...

– Cela veut simplement dire qu'il n'y a aucune trace de gènes, humains ou animaux.

– Vous l'auriez détecté, s'il s'était agi d'un ADN de chien, par exemple ?

– Bien sûr. Nous avons de multiples échantillons de référence. Nous n'avons pas encore pu stocker l'ADN de tous les animaux, vous vous en doutez, mais nous avons les plus courants : canidés, félins, bovidés et même certaines espèces communes de serpents, la vipère notamment.

– Mais s'il s'agit d'un animal non référencé dans votre panoplie ?

– Alors, nous ne pourrions pas dire à quelle race il appartient, mais nous aurions quand même des traces d'ADN. Simplement, nous n'arriverions pas à les lire, vous comprenez ? A les traduire, si vous préférez.

– Donc, si je vous ai bien suivi, les morsures ont été occasionnées par des crocs, mais ce n'est pas un animal et ce n'est pas, non plus, un être humain ?

– C'est exact.

– Mais alors...

– Alors, il ne reste que l'outil.

– L'outil ?

– Oui. N'importe quel outil ayant la forme d'une mâchoire pourvue de crocs. Une arme redoutable, en acier vraisemblablement, manipulée par un être humain. Je ne vois que ça.

– Merci pour ces précisions, professeur. Je ne voudrais pas vous retarder davantage. Bon appétit.

– Merci. A vous de même.

Je n'eus pas le loisir d'analyser ce que je venais d'apprendre.

Au moment où je reposai le combiné sur son support, j'entendis deux coups faiblement frappés à la porte de mon bureau :

– Entrez !

Marquet s'avança dans la pièce, la tête légèrement inclinée en avant, comme s'il voulait se faire plus petit pour passer sous une paroi voûtée. Il avait à la main l'améthyste retrouvée dans le bosquet, dûment scellée dans une enveloppe en plastique.

– Bonjour, Marquet. On avance ?

– Je crois bien, mon colonel. J'ai fait tous les bijoutiers du secteur. Je suis même allé jusqu'à Clermont-Ferrand. Notre pierre, c'est bien de l'améthyste. D'après les bijoutiers que j'ai vus, la taille en forme d'amande est assez ordinaire.

– Cela ne nous avance pas beaucoup. Ils doivent en vendre des centaines.

– Non, justement. Il y a plusieurs petites choses intéressantes. D'abord, la pierre a bien été utilisée en pendentif. En grattant l'intérieur du trou pratiqué à la base de la pierre, j'ai découvert de minces résidus de cuir. La pierre était donc pendue à un lacet en cuir. J'ai demandé un peu partout et j'ai appris que ce type de bijouterie fantaisie ne se faisait plus depuis au moins trente ans. On m'a dit également que ce n'était pas un pendentif porté communément par des adultes. La pierre pendue à un lacet de cuir, c'est un truc de gosses, mon colonel. Jamais une femme – et encore moins un homme – n'accepterait de porter ça.

– C'est vrai que ça fait gamin... Etes-vous certain que la pierre n'a pas été égarée par un promeneur bien avant le meurtre ?

– Je ne peux bien sûr pas affirmer qu'elle appartient à l'assassin, si c'est ça la question. Mais elle n'a pas séjourné longtemps dans le sous-bois. D'ailleurs, j'ai retrouvé une infime tache de sang sur le côté de l'améthyste. J'ai envoyé le prélèvement au labo, mais je ne sais pas s'il sera exploitable. L'idéal serait de pouvoir le comparer avec l'ADN de la victime. Si c'est le même, alors le pendentif a probablement été égaré par le meurtrier.

– Et s'il appartenait à Gérard Andros ?

– Le témoin qui était sur place ? Non. Je lui ai montré l'améthyste quand il est venu faire sa déposition. Il ne l'a jamais vue.
– Alors, il ne nous reste plus qu'à croiser les doigts, en espérant que la comparaison ADN sera positive.

Le 19 décembre, vers vingt-deux heures, Carole Baron, une habitante de Marvejols, alerta la brigade pour signaler que son mari n'était pas rentré. Ce genre d'appel étant fréquent, le gendarme de Marvejols qui prit l'appel lui conseilla de téléphoner dans les endroits où il aurait pu se rendre, nota l'identité du mari et raccrocha.

Carole Baron rappela vers deux heures du matin, le 20 décembre. Elle informa le gendarme que son mari avait reçu un appel téléphonique sur son lieu de travail, en fin d'après-midi et avait précipitamment quitté son bureau. Aux dires de ses collègues, il semblait très contrarié. La femme sollicitait d'urgence l'intervention de la gendarmerie. Le planton de Marvejols – se remémorant fort opportunément la récente affaire Granier – décida d'alerter la Brigade de Recherches.

Carole Baron fut invitée à se rendre immédiatement à la compagnie de Mende. Elle n'accepta de quitter son domicile qu'à la condition qu'un gendarme vînt la remplacer auprès du téléphone, au cas où son mari appellerait.

Le capitaine Orion avait été tiré du lit et m'avait réveillé à mon tour pour me communiquer la nouvelle. Sachant que je ne pourrais retrouver le sommeil, je décidai de m'habiller et de descendre le rejoindre. Lorsque j'arrivai dans la salle de commandement, il accueillait déjà Carole Baron, une belle et grande femme d'une cinquantaine d'années, les cheveux auburn coupés à la Jeanne d'Arc. Le capitaine Orion la fit asseoir et prit sa déposition :

– Georges, mon mari, travaille à la Poste de Marvejols. Il est conseiller financier. Hier – d'après deux de ses collègues que j'ai réussi à contacter – il a reçu un appel vers dix-sept heures, à son bureau. En général, il termine à dix-huit heures. Mais là, après le coup de fil, il a attrapé son manteau et il est sorti, sans rien dire à personne. Même pas au revoir. Cela ne lui ressemble pas du tout, vous comprenez. Je l'ai attendu à l'heure du dîner, mais rien. Je n'ai absolument aucune idée de ce qui a pu lui arriver.

– Quel âge a votre mari ?
– Il aura cinquante-deux ans le mois prochain. Je sais à quoi vous pensez. C'est normal. Non, mon mari n'est pas un coureur de jupons. Si, par extraordinaire il avait une aventure, il n'irait pas retrouver sa belle sur un coup de tête, en abandonnant son poste de travail. C'est absurde.
– A-t-il des ennemis ?
– Non, pas du tout.

Je fis signe au capitaine Orion de me rejoindre. Je tenais entre les mains le livre de "la bête" et lui désignai un passage :
" le 20 décembre, la bête fit une victime à la Fau-de-Peyre, dans le hameau du Puech. L'animal s'attaqua à une fillette de douze ans, lui lacéra le dos avec ses dents et lui prit la tête, qu'on ne retrouva point".

– Rien d'autre à la date du 20 décembre, mon colonel ?
– Non. Je sais ce que vous pensez : ça ne correspond pas, cette fois. C'est un homme qui a disparu, pas une fillette. Et puis, j'ai consulté la carte. La Fau-de-Peyre est à une trentaine de kilomètres au nord de Marvejols.
– Remarquez, Buffeyrettes aussi, c'était loin de Mende. Vous voulez qu'on aille y faire un tour ?
– Pourquoi pas.

Nous laissâmes Carole Baron à la caserne – aux bons soins d'un gendarme chargé de dresser procès-verbal de sa déposition – et prîmes la direction de Marvejols pour rattraper l'autoroute. Une heure plus tard, nous étions dans le petit hameau du Puech. Le capitaine Orion frappa à la porte de la première maison que nous trouvâmes sur notre route. Je fis de même un peu plus loin. Je dus m'y reprendre à trois reprises, en frappant de plus en plus péremptoirement, avant qu'un pas traînant ne se fît entendre derrière la porte. Un vieil homme en charentaises, vêtu d'une robe de chambre rouge, les cheveux ébouriffés, m'ouvrit en grommelant :

– Qu'est-ce que c'est, à c't'heure ?

Il est vrai que mon bracelet-montre indiquait cinq heures trente :

– Excusez le dérangement, monsieur. Colonel Doucet, du groupement de gendarmerie de la Lozère. Je voulais savoir

si vous aviez entendu ou vu quelque chose d'anormal cette nuit, dans les parages.
– Entrez voir. Pas la peine de refroidir la maison.

Je pénétrai dans un salon douillet et pris place sur un divan un peu râpé. Mon hôte partit dans la cuisine pour brancher sa cafetière. Quand il revint, ce fut d'un ton plus avenant qu'il demanda :
– Quelque chose d'inhabituel ?
– Oui, c'est ça.
– C'est rare qu'un colonel se déplace en personne. Qu'est-ce qui se passe, au juste ?
– Nous n'en savons rien. Peut-être rien du tout. Réfléchissez bien. C'est important.
– Ah, si. J'ai entendu du bruit, dans le bosquet derrière.
– A quelle heure ? Quel bosquet ?
– Il était dix heures, hier soir. A peu près, hein ? J'ai entendu un bruit de moteur. Même que je me suis étonné qu'une voiture s'aventure jusqu'au bosquet. C'est pas très malin, en cette saison. On peut s'embourber, et une fois pris dans la gadoue, il faut un tracteur pour vous sortir de là.
– Il appartient à qui, ce bosquet ?
– A personne. Autant dire à tout le monde. On y va aux champignons. Je crois que ça appartient à la mairie.
– Et où se trouve-t-il, exactement ?
– Juste là-bas derrière, à trois cents mètres.
– Quel genre de bruit avez-vous entendu ? Juste un bruit de moteur ?
– Non. Enfin, si. Surtout le moteur. Après, j'ai vu la lumière des phares dans le bosquet. Je crois avoir entendu un bruit de coffre qu'on ouvre et qu'on referme. Un bruit de portière aussi. Enfin, il m'a semblé. C'était loin, et ça ne m'intéressait pas beaucoup. J'étais devant la télé. Y'avait Maigret. C'était la fin de l'épisode, alors je voulais pas rater. Vous voulez un café ?
– Non, merci. Je vais y aller.

A l'extérieur, je retrouvai le capitaine Orion qui battait la semelle. Le couple d'agriculteurs qu'il avait tiré du sommeil n'avait rien vu et rien entendu. Je l'informai immédiatement du témoignage que je venais de recueillir. Nous partîmes, munis d'une torche, vers le bosquet.

Avant de quitter la caserne, j'avais pris la précaution d'enfiler une paire de bottes. Le capitaine Orion, lui, pestait contre la boue qui s'agglutinait autour de ses chaussures de ville, dans un bruit de succion.

Bizarrement, alors que nous avions été alertés de la disparition d'un adulte, je redoutais de découvrir le corps d'une fillette.

Il était près de six heures mais il faisait encore nuit noire quand nous entrâmes dans le sous-bois. La torche du capitaine balayait le sol sur une distance de deux ou trois mètres à nos pieds. Lorsque nous étions sûrs qu'il n'y avait rien de suspect, nous progressions d'un pas.

Soudain, le faisceau de la torche accrocha un morceau de tissu. Je retins ma respiration, comme si je m'apprêtais à entamer une longue apnée. Le capitaine s'approcha avec une lenteur digne du premier pas sur la lune et éclaira le sol à ses pieds. Un corps était avachi au milieu des feuilles mortes. Le faisceau de la torche remonta le long de ses jambes et de son torse. Au-delà, à l'endroit où aurait dû se trouver la tête, nous ne vîmes que de l'herbe humide. A mon grand soulagement, il ne pouvait s'agir d'un enfant. C'était indiscutablement le corps d'un adulte. A cet instant-là, je fus persuadé de trois choses : il s'appelait Georges Baron, son dos était criblé de morsures et on ne retrouverait jamais sa tête.

Une heure plus tard, l'endroit fourmillait de gendarmes. Le vieil homme aux charentaises – qui avait judicieusement enfilé une paire de bottes cirées – vint courtoisement nous proposer du café, que nous acceptâmes avec empressement, en faisant circuler, de main en main, le gobelet en plastique de la thermos. Le vieillard ne semblait pas curieux d'en savoir davantage sur le drame qui s'était déroulé la nuit précédente, presque sous ses yeux. Apparemment, les histoires de mort violente, il les préférait en film, adaptées de romans de Georges Simenon.

En définitive, son indifférence lui avait sauvé la vie. Un voisin plus curieux, qui serait venu jusqu'au bosquet, hier soir, attiré par la lumière des phares, n'en serait probablement jamais ressorti.

Carole Baron – désormais veuve Baron – prit tout d'abord la nouvelle avec une quiétude proche de l'indifférence. Elle avait immédiatement reconnu les habits et le contenu des poches de son mari : une pipe et une blague à tabac en cuir, notamment.

Elle me faisait face, le dos bien raide contre le dossier de la chaise et écoutait, sans ciller, les circonstances de la découverte du corps. Tout au plus semblait-elle contrariée, comme si j'étais un instituteur lui annonçant les mauvaises notes de son petit dernier. Son attitude était véritablement insupportable. Finalement, je me tus et, après quelques minutes de silence – que je ne faisais rien pour briser – elle prit la parole, les lèvres tremblantes :

– Je crois que je ne réalise pas bien.

– C'est normal.

– Je n'arrive pas à croire qu'il m'ait abandonnée comme ça...

– Vous savez, il n'y est pas pour grand chose.

– Je ne pourrai jamais vivre sans lui. Jamais, vous m'entendez ?

– Je comprends votre détresse. Il vous faudra du temps...

Ce que j'avais d'abord pris pour de l'indifférence était, en réalité, un anéantissement total et brutal de sa personnalité, de sa vie, de son avenir. Son désespoir, qui puisait sa source en amont de toute tristesse, par-delà les larmes, n'en était que plus poignant.

Le corps de Georges Baron fut acheminé vers Montpellier où l'autopsie devait être pratiquée le surlendemain. En soulevant le manteau de la victime et son pull-over, avant que les TIC n'enferment le cadavre dans une housse en plastique, je pus vérifier que, sous sa chemise lacérée, son dos portait une dizaine de traces de morsure, peut-être davantage.

Sur place, dans le bosquet, des empreintes de pneus – très similaires à celles retrouvées à Buffeyrettes – étaient nettement visibles dans la boue. Le chef Marquet procéda à un moulage. Le ratissage effectué autour du corps ne révéla aucun autre indice.

L'enquête de voisinage, à Marvejols, fut aussi infructueuse que celle diligentée à la suite du premier meurtre. Georges Baron était un homme sans histoires, apprécié de sa hiérarchie et de l'ensemble de ses collègues. Il devait partir à la retraite anticipée trois ans plus tard et avait économisé sou à sou avec son épouse, au cours des vingt dernières années, pour s'acheter un chalet en Savoie. Sa vie ne présentait pas l'ombre d'un fait saillant, de quelque ordre qu'il fût. Il n'avait plus de famille proche, pas d'enfants, et laissait – selon l'expression consacrée – une veuve éplorée.

Une réquisition téléphonique fut une nouvelle fois adressée à France Telecom pour identifier le correspondant de Georges Baron, la veille, sur son lieu de travail, aux alentours de dix-sept heures.

Le lendemain matin, je réunis mes hommes dès sept heures : en moins d'un mois, le meurtrier avait assassiné par deux fois et j'étais persuadé qu'il allait recommencer. Les journaux s'étalaient devant moi.

La presse – j'ignorais comment – avait été informée des blessures qui lacéraient le dos de Georges Baron. Du même coup – semblait-il – les médias avaient découvert que le corps de la veuve Granier avait également présenté d'étranges morsures. Il n'en fallait pas davantage pour redonner vie aux fantasmes ancestraux que le passage des siècles n'avait nullement cicatrisés. Il me sembla que la terreur suscitée par la bête du Gévaudan se lovait dans l'inconscient de chaque Lozérien et n'attendait qu'un mot pour se réveiller.

En ouvrant le journal, ce matin-là, la Lozère plongea en plein cauchemar. Alors qu'il aurait fallu à tout prix éviter que le meurtrier ne se sentît reconnu dans son ignoble pastiche de la bête, les quotidiens régionaux et locaux ne titraient que sur cette analogie :

"Le Gévaudan de nouveau en proie à la bête ?" s'interrogeait-on à la une du Midi Libre. La Lozère Nouvelle titrait, tout simplement : *"La bête du Gévaudan est revenue"*. Ne figurait même pas un précautionneux point d'interrogation. La situation était catastrophique.

Le procureur m'appela deux fois, ce matin-là. La première, pour me demander qui avait parlé de morsures aux journalistes. Je lui répondis lamentablement que je n'en savais rien. La deuxième pour me dire de venir le trouver dans l'après-midi, ce qui fit resurgir en moi le spectre du dessaisissement.

Sur un grand papier blanc accroché au mur, Orion avait préparé une sorte de tableau des correspondances entre les deux meurtres. Peut-être aurait-il plutôt fallu l'appeler un tableau des discordances. Il se présentait ainsi :

- DATE :	24-25 novembre	20 décembre
- AGE :	68 ans	52 ans
- SEXE :	femme	homme
- EMPLOI :	agricultrice	conseiller financier
- LIEU :	Buffeyrettes	Le Puech

(distants de 8 kms à vol d'oiseau, 13 kms par la route)

- SCÉNARIO : "bête du Gévaudan" dans les deux cas (présence de morsures, victimes décapitées, analogie des dates et des lieux).

Au vu de cette liste, il était clair que le seul lien entre les deux victimes résidait dans ce scénario. Inutile de préciser que Geneviève Granier et Georges Baron ne s'étaient – apparemment – jamais rencontrés. Le capitaine Orion prit la parole :

– Nous ne devons pas éluder l'hypothèse suivante : le meurtrier frappe au hasard. Dans ce cas, inutile de s'évertuer à dresser un tableau des correspondances.

Je me levai et regardai le capitaine :

– Je pense, au contraire, que nous devons éliminer cette hypothèse. Si le meurtrier avait souhaité s'en prendre à des inconnus, rien de plus facile. Il aurait suffi qu'il se poste dans les communes concernées à la date indiquée et qu'il attende le passage d'une proie quelconque. Il la tuait sur place et s'évaporait dans la nature, comme a fait, du reste, la bête du Gévaudan au XVIIIe siècle. Or, notre meurtrier est obligé d'amener les corps aux lieux et places où la bête a sévi. C'est la preuve indiscutable que le tueur assassine de sang froid des personnes déterminées puis organise sa mise en scène en fonction de l'histoire de la bête. L'animal n'intervient qu'après. D'ailleurs, les blessures ont été infligées post mortem. Je suis persuadé que le médecin légiste nous le confirmera dans le cas de Georges Baron. Il n'y avait quasiment pas de sang, sur place.

Le capitaine Orion dut admettre que j'étais dans le vrai. Après une minute d'intense réflexion, il s'exclama :

– J'ai une idée. Nous ne trouvons rien du côté des victimes ? Soit. Alors, cherchons du côté de la bête.

– Comment cela ?
– Eh bien, notre meurtrier est un connaisseur. Je pense qu'il a dû se faire remarquer d'une manière ou d'une autre dans les librairies de Mende, en sollicitant – qui sait – des ouvrages introuvables ou qui n'étaient plus réédités depuis longtemps, en posant des questions spécifiques.
– Bravo, mon capitaine ! C'est une excellente idée, ça !

Orion rougit de plaisir. Immédiatement, Marquet et cinq autres gendarmes furent envoyés dans les librairies de Mende et à la bibliothèque municipale, pendant que le reste de l'équipe s'évertuait – malgré tout – à dénicher un hypothétique lien entre les deux victimes.

En milieu d'après-midi, Marquet m'appela sur ma ligne directe. Au son de sa voix, je sus immédiatement qu'il avait déniché une piste :
– Je crois que c'est du solide, mon colonel !
– Allez-y, je vous écoute.
– Début novembre, un universitaire parisien a écumé toutes les librairies de Mende en quête d'ouvrages sur la bête du Gévaudan. Il voulait mettre la main sur tout ce qui avait pu être écrit depuis le XVIIIe siècle. Les libraires se sont pliés en quatre pour le satisfaire. Plusieurs ouvrages ont dû être commandés et n'ont pas encore été livrés. Mais *La fabuleuse histoire de la bête du Gévaudan*, il en a fait l'acquisition en centre ville le 10 novembre. Le libraire est sûr de la date car il note tout dans un petit carnet, au jour le jour. Ce qui lui a semblé bizarre, c'est que le gars a préféré payer d'avance les livres commandés plutôt que de laisser son nom. Il paye toujours en liquide.
– Comment est-il physiquement ? Avez-vous une description ?
– Oui, assez précise et les témoignages des libraires sont concordants : la trentaine, grand et costaud, genre armoire à glace – l'expression est revenue trois fois – blond, les yeux bleus, type germanique, avec un accent des pays de l'Est, mais très léger. A part ça, aimable, souriant, beau gosse, quoi. Il a su charmer les commerçantes, on dirait. L'une d'entre elles était même très inquiète qu'on lui cherche des histoires, à ce brave monsieur.
– Et personne ne sait où il habite, bien sûr.

– Non. Peut-être à l'hôtel, mais ce n'est pas certain. S'il entend rester quelques mois en Lozère, il a très bien pu louer un logement.
– Bon. Il n'y a pas beaucoup d'hôtels à Mende, ni une multitude d'agences immobilières et vu la description physique qui vous en a été faite, il n'a pas dû passer inaperçu.
– On avait bien l'intention de commencer par là, mon colonel.
– Alors, bonne chance. Et tenez-moi au courant.

Je m'étirai consciencieusement puis restai le regard rivé sur la liste des correspondances dressée par le capitaine Orion, que j'avais détachée du mur et étalée sur mon bureau. J'aurais voulu sentir poindre en moi une idée lumineuse mais rien ne vint. Le mieux était encore d'attendre le résultat de la piste de l'universitaire.

La sonnerie du téléphone me surprit en flagrant délit de somnolence. Il est vrai que le retard de sommeil commençait à me peser. A l'autre bout du fil, Marquet était dans un état d'excitation peu banal :
– On le tient, mon colonel. Nous sommes devant l'hôtel du Lion d'Or, à cent mètres à peine de la caserne. D'après le portier, le client n'est pas sorti de la journée. Il s'est présenté sous le nom de Karl Werner. On y va ?
– D'accord, allez-y, mais en douceur. Ce n'est peut-être qu'un chercheur passionné qui n'a rien d'un meurtrier psychopathe. Demandez-lui gentiment de vous suivre jusqu'à la gendarmerie. S'il refuse, vous lui mettez les bracelets et vous l'embarquez. Quoi qu'il en soit, soyez aimables mais ne le lâchez pas d'une semelle.
– Comptez sur nous, mon colonel.

chapitre 7

L'homme descendu à l'hôtel du Lion d'Or sous le nom de Karl Werner suivit docilement mes hommes jusqu'à la caserne.

Quand il fut introduit dans la salle de commandement, tous les gendarmes levèrent la tête et le contemplèrent comme s'il s'était agi d'une espèce paléontologique rare. Il mesurait vraisemblablement plus d'un mètre quatre-vingt-dix et arborait, nonobstant, une carrure de catcheur. Ses cheveux, blonds et frisés comme ceux d'un bébé, retombaient en boucles éparses sur son front et sa nuque. Mes hommes n'auraient d'ailleurs pas pu lui passer les menottes, faute de parvenir à les fermer autour de ses poignets. L'image qui me vint à l'esprit fut celle du Yeti, l'abominable homme des neiges, même si l'expression qui se dessinait sur le visage de Karl Werner n'avait rien d'abominable et relevait davantage de la peur panique.

Il fut invité à s'asseoir en face du capitaine Orion, pendant que le chef Marquet installait son ordinateur portable sur un coin du bureau, pour consigner la déposition. Ce fut d'une voix un peu chevrotante que le mastodonte répondit à l'interrogatoire d'identité :

– Je m'appelle Karl Werner. Je suis né à Berlin de parents allemands, mais je vis à Paris depuis l'âge de quinze ans. J'aurai trente-trois ans le 12 mars prochain.

– Vous êtes universitaire, c'est bien ça ?

– Qui vous l'a dit ?
– Répondez à mes questions, d'accord ?
– Oui. Je prépare un diplôme.
– Quel diplôme ? Dans quelle université ?
– Est-ce tellement important ?
– Laissez-moi juger de ce qui est important et de ce qui ne l'est pas, voulez-vous ?
– Je n'ai pas très envie de parler de ça.
– Comme vous voudrez. Préférez-vous nous parler de la bête du Gévaudan ?
– Vous êtes au courant de ça aussi ?

Je sentis que le capitaine Orion allait perdre patience et me décidai à intervenir :
– Monsieur Werner, vos études ne nous intéressent pas en tant que telles.
– Je me disais, aussi...
– Que faisiez-vous avant-hier soir, aux alentours de vingt-deux heures ?
– Foutez-moi la paix ! Ce n'était pas moi !

Le capitaine Orion scruta son interlocuteur, une étrange lumière dans les yeux. Son regard semblait dire : "bonne pioche". Pour ma part, je n'en croyais rien. J'étais même persuadé du contraire. S'il avait pu lire dans ma pensée, Orion y aurait vu s'inscrire les mots "chou blanc". Il était évident que ce que nous cherchions à découvrir n'avait pas le moindre rapport avec ce que Karl Werner tentait de nous dissimuler. Je décidai donc de le feinter, procédé commun à tous les enquêteurs de la planète :

– Vous vous doutez bien que nous avons suffisamment d'éléments pour vous renvoyer devant un tribunal…
– Je ne voulais pas. C'est complètement idiot, comme histoire. J'ai même téléphoné aux urgences de l'hôpital mais on m'a dit qu'il était déjà ressorti. Ça ne devait pas être bien grave. C'est ce que j'ai pensé.
– Et si vous nous racontiez tout depuis le début ?
– Avant hier, quand je suis arrivé là-bas...
– Là-bas, où ?

Karl Werner me fixa longuement. A l'ombre qui voila son regard, je sus qu'il avait éventé ma supercherie. Il poussa un profond soupir et sembla se ratatiner sur sa chaise :

– Je me suis fait avoir comme un bleu. Vous ne savez rien, hein ?
– Non.
– Qu'est-ce que vous me voulez ?
– Monsieur Werner, je crois que votre histoire n'a rien à voir avec l'enquête que nous menons actuellement. Alors, vous nous la racontez bien gentiment et on vous laisse partir, ça vous va ?
– Avant-hier soir, comme je vous le disais, je suis allé boire un verre au Drakkar, place de la cathédrale. J'avais planché toute la journée sur mon doctorat, et je voulais me délasser un peu.
– Quel doctorat préparez-vous ?
– Doctorat de sociologie, à Nanterre. Le sujet de ma thèse, c'est : " la bête du Gévaudan : naissance et pérennisation d'une terreur ".
– Intéressant, ça. C'est pour cela que vous écumez les librairies de Mende ?
– Oui. Pas seulement de Mende, d'ailleurs.
– Donc, vous allez boire un verre au Drakkar...
– Oui. Le problème, c'est que je n'ai pas l'habitude de l'alcool. J'ai l'air, comme ça, d'être costaud mais l'alcool, il ne m'en faut pas beaucoup. Je buvais mon troisième demi, accoudé au comptoir, quand un type s'est installé sur le tabouret voisin du mien. Il voulait absolument me faire la conversation mais je n'en avais aucune envie. Je le lui ai dit poliment, mais ça ne lui a pas plu. Il a commencé à m'insulter. Derrière, il y avait des copains à lui qui en rajoutaient pour l'asticoter. Alors, il m'a donné un coup de poing dans le dos et un autre immédiatement après en direction de ma tempe, mais j'ai réussi à l'esquiver. Je l'ai attrapé par le col et je l'ai envoyé promener. C'est vrai que je n'ai pas conscience de ma force. Je vous assure que je ne l'ai pas frappé, juste poussé un peu violemment pour qu'il me laisse en paix. Il a cogné la tête contre le mur, trois mètres plus loin et il est tombé. Il avait du sang sur le visage.
– Et le tenancier du bar ?
– Oh, lui, il était ravi. Il a applaudi pendant que les copains ramassaient le gars et parlaient de l'amener aux urgences. Puis, ils sont partis sans un regard dans ma direction et le patron du bistrot a tenu à me payer un pot. J'ai accepté un café. J'avais suffisamment bu comme ça.

– Et où est le problème ? Pourquoi ne vouliez-vous pas nous le dire ?
– C'est que... J'ai une bourse de recherche. Alors, si à Nanterre ils apprennent un truc pareil, j'ai peur qu'ils ne me la suppriment.

Le capitaine Orion téléphona au gérant du Drakkar pour se faire confirmer la date, l'heure et les protagonistes de l'incident. Karl Werner était arrivé vers vingt et une heures et avait quitté le bar vers vingt-trois heures, ce qui le mettait hors de cause dans l'affaire qui nous occupait.

Je souris inconsciemment en regardant notre Yeti, qui me faisait maintenant penser à un nounours penaud. Je lui mis la main sur l'épaule pour le réconforter :

– Ça ne tiendrait pas devant un tribunal, cette affaire. Vous étiez en état de légitime défense. C'est plutôt votre agresseur qui serait condamné. Allez, oubliez ça. D'ailleurs, je doute fort qu'il porte plainte, votre lascar. Il doit plutôt raser les murs, à l'heure qu'il est.

Karl Werner releva la tête et tourna son visage vers moi. Je crus déceler des larmes dans ses yeux :
– Alors c'est vrai ? Vous passez l'éponge ?
– L'éponge, la serpillière et même l'aspirateur ! Par contre, j'aimerais assez vous entretenir d'une affaire grave mais à titre de consultant...
– Le meurtrier fou qui mord ses victimes, hein ? Tout le monde ne parle que de ça, en ville.
– En effet. Il s'agit bien de lui. Peut-être vos recherches vont-elles m'éclairer un peu. Pouvez-vous venir me voir, demain ?
– Bien sûr. Quand vous voulez !
– Eh bien, votre heure sera la mienne. C'est vous le consultant...
– Dix heures demain matin, ça vous irait ?
– Parfait. A demain, alors.

Karl Werner souleva son imposante carcasse et la chaise qu'il abandonna poussa un petit gémissement soulagé.

Mes hommes, admiratifs et envieux, suivirent des yeux le Yeti jusqu'à sa sortie de la salle de commandement.

Marquet mit à profit cet instant figé pour s'approcher de moi et me présenter des plaquettes contenant l'ensemble des traces papillaires et des empreintes relevées sur le vélo de Geneviève Granier. Il m'expliqua n'avoir pu exploiter que deux empreintes, toutes deux appartenant à la victime.

Le résultat de la réquisition à France Telecom nous parvint par fax. L'appel téléphonique qui avait poussé Georges Baron à quitter en toute hâte son poste de travail pour courir – tête baissée – à la rencontre de son meurtrier, avait été passé d'une cabine téléphonique de Marvejols. Nous n'étions pas plus avancés.

Je me rendis au tribunal en fin d'après-midi. François Berthier semblait nerveux, tracassé, sous pression. Le Parquet Général, à Nîmes, lui demandait un rapport quotidien sur cette affaire et il vivait le syndrome de la feuille blanche. Je fus heureux de pouvoir lui relater tous les éléments en ma possession concernant le pendentif. Je parvins même à le faire sourire en lui narrant la fausse piste du Yeti. Au moins le procureur aurait-il quelque chose à écrire dans son rapport quotidien. Il ne fut pas question de dessaisissement.

De retour à la caserne, je convoquai officiellement Verdier dans mon bureau pour lui confier, à titre provisoire, le commandement du groupement. Je vivais, en effet, le piétinement de notre enquête comme un affront personnel et souhaitais dorénavant m'y dédier entièrement. Verdier ne se fit pas prier pour accepter cet intérim improvisé et je crus lire dans ses yeux une fierté et une reconnaissance démesurées.

Le soir, après avoir mangé sur le pouce dans la cuisine, je consultai – c'était le mot – l'ouvrage de référence qui m'avait fait tressaillir à deux reprises. Où la bête s'apprête-t-elle à frapper, en cette fin décembre 1764 ? Apparemment, après le meurtre du Puech, elle quitte le département une nouvelle fois par le nord, en direction de l'Auvergne et croque, le 22 décembre, une jeune fille qui marche sur les bords de l'Allier, dans le village de Prades. Elle frappe une nouvelle fois les 24, 27 et 28 décembre 1764, semant l'horreur et la tragédie sur son passage. Les habitants de l'époque n'ont même pas de répit à l'occasion du nouvel an : l'animal attaque et dévore un certain Martial Matthieu, le 30 décembre, dans le village de Paulhac, alors que le malheureux garde les moutons pour un fermier du voisinage.

Il n'était pas question, pour moi, d'alerter à nouveau les compagnies de gendarmerie compétentes dans les divers lieux où la bête avait frappé en 1764. J'étais persuadé désormais que le meurtrier tuait – certes – aux mêmes dates que la bête, mais pas à chaque date. La bête du Gévaudan avait fait plus de cent victimes en trois ans et je doutais fort que le psychopathe s'en prenne à autant de personnes, a fortiori s'il ne frappait pas au hasard. Au demeurant, les enquêteurs de la région – policiers et gendarmes – étaient informés de la coïncidence des dates et s'étaient tous procuré les "dates de la Bête".

Je m'apprêtais à aller me coucher lorsque la sonnette de ma porte d'entrée retentit. J'ouvris en grand pour laisser entrer le capitaine Dufy, qui se confondit en excuses pour l'heure tardive (il n'était que neuf heures) le dérangement (il ne me dérangeait nullement) et le reste (qu'il ne précisa pas). Je lui proposai un alcool fort qu'il accepta d'emblée, comme la première fois. Il me répéta que ma marque de cognac était excellente, me parla d'un problème de démarrage sur un véhicule de service et même du prochain mariage du chef Marquet, au printemps, avec une fille de la bourgeoisie mendoise, autant de considérations et de révélations qui auraient pu – sans conséquences dommageables pour le destin de l'humanité – attendre au lendemain. Je fus donc persuadé qu'il était venu pour me parler de bien autre chose et ne savait comment amorcer le dialogue. Je donnai donc du mou à la conversation afin qu'il puisse emprunter la direction voulue quand bon lui aurait semblé.

Après avoir avalé une nouvelle gorgée de cognac en grimaçant – peut-être que la marque ne lui convenait pas, tout compte fait – il se racla la gorge et finit par s'aventurer, comme à tâtons :

– C'est dingue ces deux meurtres crapuleux en moins d'un mois, dans un département comme le nôtre.

– En effet, oui. C'est assez exceptionnel.

– Il n'y a pourtant eu aucun événement qui ait modifié la situation de ce petit département rural... Enfin, si. Il y a quand même eu quelque chose.

– Quelque chose de nouveau en Lozère ?
– Oui, mon colonel.
– Et quoi donc ?
– Eh bien, euh.... votre arrivée...
– Je ne comprends pas où vous voulez en venir. Croyez-vous que, durant la nuit, je me transforme en bête du Gévaudan ?
– Bien sûr que non, voyons. Mais je me disais...
– Dites, Dufy, dites. Je suis tout ouïe !
– Voilà. Admettons que quelqu'un vous en veuille, pour une raison quelconque. S'il est complètement fou, il décide de vous suivre en Lozère et de vous rendre la vie impossible. Comme vous êtes colonel, il ne frappe qu'en zone gendarmerie, jamais à Mende où l'enquête serait confiée au commissariat. La vengeance dont je vous parlais l'autre soir s'exercerait à votre encontre, en quelque sorte.
– Où êtes-vous allé chercher une idée pareille, Dufy ?
– Vous êtes la seule nouveauté dans ce département, mon colonel. Je suis parti de ce constat. Après, de fil en aiguille...
– Alors, vous voulez savoir si, au cours de ma vie, j'ai laissé dans mon sillage des victimes qui s'étranglaient de haine en me voyant m'éloigner, c'est ça ?
– Euh, oui, en quelque sorte. Si vous avez envie d'en parler...

Je sentis une tornade glacée s'abattre sur moi et me retrouvai cinq ans en arrière, dans une chapelle ardente : le corps de Véronique – la femme que je devais épouser trois mois plus tard – est allongé devant moi, les mains jointes, vêtue de ses plus beaux atours. Près de moi, un vieil homme, agrippé au cercueil, pleure en silence, en secouant spasmodiquement la tête de haut en bas. Nous ne nous regardons pas. Il ne m'a même pas salué, en entrant. Il sort enfin un mouchoir de sa poche, s'essuie le visage d'un geste saccadé et se dirige vers la sortie. Avant de quitter la chapelle, il se tourne furtivement vers moi et s'écrie : "vous me l'avez tuée ! ".

A la gêne que je lus dans le regard de Dufy, je me rendis compte que j'étais silencieux depuis un long moment. Je décidai de lui raconter le drame, même si je ne pouvais imaginer le père de Véronique venant mutiler des cadavres en Lozère pour me faire payer la mort de sa fille :
– Elle s'appelait Véronique. Elle est morte il y a cinq ans, presque jour pour jour. Nous vivions ensemble depuis trois

ans et devions nous marier au printemps. Nous revenions ce jour-là d'une semaine de sports d'hiver dans la région d'Annecy. On était le 27 décembre. Nous remontions pour passer le Réveillon en compagnie de son père, qui vivait seul à Angers. C'est elle qui conduisait. Nous étions partis le matin, après une bonne nuit de sommeil. Pour ma part, je somnolais et me laissais bercer par les virages. C'est dans un virage, justement, qu'elle a perdu le contrôle du véhicule. La route était verglacée. La voiture a fait quatre tonneaux et s'est immobilisée sur le toit, dans le ravin opposé à notre sens de marche. Je suis parvenu à m'extraire du véhicule. Véronique avait été projetée à l'extérieur par le pare-brise. Elle gémissait, c'était horrible. Elle n'avait pas mis sa ceinture de sécurité. Elle est morte au cours de son transport à l'hôpital. Son père ne me l'a jamais pardonné.

– Mais vous n'y étiez pour rien !

– Je le sais. Bien au contraire : je la grondais toujours quand elle omettait de boucler sa ceinture. Parfois, elle finissait par obtempérer de mauvaise grâce. D'autres fois, elle me regardait sur le mode taquin, et elle me disait "mettez-moi un p.v m'sieur l'agent". Malheureusement, cette fois-là, je n'ai pas fait attention. J'ai bouclé ma ceinture et j'ai somnolé. L'erreur, quoi… !

– Il n'y a là aucune erreur, voyons, et vous le savez bien, mon colonel ! Vous n'avez aucune responsabilité dans cet accident.

– Vous avez probablement raison, mais quand son père m'a dit, devant le cercueil "vous me l'avez tuée" (vous noterez au passage la formule de possession) je me suis mis à le croire. C'est idiot, hein ?

– Non. Je suppose que j'aurais réagi comme vous. En tout cas, ça m'aurait fait un drôle d'effet d'entendre un truc pareil.

– En fait, je crois qu'il accusait le destin qui m'avait fait la rencontrer, partir avec elle dans les Alpes et me trouver à ses côtés, ce jour-là, sur une route verglacée.

– Vous ne voyez pas quelqu'un d'autre qui pourrait vous en vouloir à mort ? Un délinquant que vous auriez arrêté et fait condamner ?

– Alors, là, Dufy, il nous faudrait une calculette ! Je suis comme vous : ma vie n'est faite que d'interpellations et – si l'infraction est caractérisée – de convocations des prévenus devant les tribunaux !

– Non, je pensais à un cas de condamnation lourde. Aux Assises, par exemple.

– Tous ceux que j'ai contribué à renvoyer aux "assiettes" ont accueilli le verdict avec un semblant de philosophie. Non, vraiment, je n'ai pas souvenir de menaces fracassantes à mon endroit. Désolé, Dufy.

– Ça n'a pas été trop dur de... vous remettre de la mort de Véronique ?

– Une mort n'est jamais facile à intégrer. Cela dit, je dois vous avouer que nous avions eu une longue discussion, la veille. Nous avions décidé de prendre quelques distances à notre retour à Nantes. En fait, à ce moment-là, le mariage était sérieusement compromis.

– Tant mieux.

– Oui. Mais je ne l'ai jamais dit à son père. Il aurait été capable de soupçonner un suicide collectif ou je ne sais quel acte manqué – ou plutôt réussi – pour expliquer l'accident. En réalité, aucun de nous deux n'était désespéré par la perspective d'un divorce avant l'heure.

– Il vit toujours à Angers, le père ?

– Je n'en sais rien, je ne l'ai plus jamais recontacté. Il n'est plus tout jeune. Il doit avoir dans les soixante-dix ans.

– M'autorisez-vous à faire quelques recherches, pour le localiser ?

– Vous ne croyez tout de même pas qu'un vieil homme de cet âge-là ...

– A priori, non. Mais je préfére vérifier qu'il était sagement chez lui les 24-25 novembre et le 19 décembre. Vous avez son identité précise ?

– Non. Je sais seulement qu'il s'appelle Gabriel Rouffiac, qu'il a environ soixante-dix ans et qu'il habite – ou du moins, il habitait il y a cinq ans – dans le quartier de la gare, à Angers. Procédez à vos vérifications, mais faites en sorte qu'il n'en sache jamais rien, surtout.

– Aucun risque. Je serai une vraie taupe.

chapitre 8

La neige commença à tomber trois jours avant Noël. En moins de deux heures, les trottoirs de Mende furent recouverts d'une couche de poudreuse, épaisse de trois bons centimètres. Les promeneurs ralentissaient le pas, comme dans un film diffusé au ralenti. Les vieillards ne s'aventuraient que prudemment hors de leur domicile, effectuant le trajet strictement nécessaire entre le marchand de journaux, la boulangerie et le pas de leur porte. Les voitures qui venaient du Mont Lozère et du nord du département – où la neige était tombée depuis trois jours sans discontinuer – laissaient sur leur passage de lourds paquets de neige à l'angle des carrefours et sur les bas-côtés.

En milieu de journée, la température chuta de cinq bons degrés et la plupart des cols permettant de quitter la Lozère par le sud furent fermés. J'eus la désagréable impression que le reste du monde nous fermait résolument ses portes, nous laissant seuls et démunis aux prises avec un monstre, dont la folie n'avait d'égale que la cruauté.

La presse du matin étalait, à la une, des titres encore plus tape-à-l'œil que la veille : *"des corps criblés de morsures"* proclamait le Midi Libre ; *"Un loup échappé de Sainte-Lucie ?"* questionnait, comme en écho, la Lozère Nouvelle. Sainte-Lucie en Margeride, près de Marvejols abritait, en effet, un vaste parc animalier où vivaient – en semi-liberté – plus de cent loups, importés de différents pays du monde :

quatre-vingts loups de Mongolie et cinquante loups d'Europe et du Canada, sans compter les louveteaux, qui venaient régulièrement accroître l'effectif de la colonie. Ces loups étaient, sinon domestiqués, du moins fort bien accoutumés à l'homme. L'image qu'ils avaient de l'homo sapiens était celle d'un groupe de bipèdes bruyants, en bras de chemise, un appareil photographique en guise de gibecière.

Pour avoir visité le parc animalier, je constatai que ces loups-là étaient moins imposants que des bergers allemands. Ce qui les rapprochait de leurs homologues canins était leur goût immodéré pour les croquettes, que le guide touristique du parc leur lançait, en singeant le geste auguste du semeur, afin de les faire sortir de leur tanière de fourrés pour être fixés irrémédiablement sur pellicule.

Ces loups-là n'étaient, en aucun cas, responsables des deux meurtres, encore moins de la psychose qui s'était emparée des habitants. Les pointer du doigt avait pour seul but de faire grimper le chiffre des ventes. Furieux, le gérant du parc animalier porta plainte le matin même contre le journal pour diffamation. Il en fit de même à l'encontre de l'Agence France Presse qui avait commis l'imprudence de reprendre l'information dans une dépêche tombée en milieu de matinée sur tous les téléscripteurs des salles de rédaction de l'Hexagone.

Le Yeti avait tout de l'homme des neiges lorsqu'il pénétra dans mon bureau et s'ébroua pour faire tomber la poudreuse de son caban, qu'il pendit négligemment au dossier de la chaise. Il s'assit en m'adressant un franc sourire, visiblement ravi de me faire partager sa passion de la sociologie :

– Alors, qu'est-ce qui vous intéresse dans l'histoire de la Bête ?

– Je ne sais pas encore, monsieur Werner. Dites-moi, que pensez-vous de la crainte que ces meurtres suscitent en Lozère ?

– C'est normal. Déjà, deux meurtres dans un département aussi calme, c'est traumatisant. En plus, si ça a le moindre rapport avec la bête du Gévaudan, la mayonnaise prend instantanément.

– Pourquoi, à votre avis ?

– On n'a jamais su qui se cachait derrière la Bête du XVIIIe

siècle. Etait-ce un homme déguisé en animal ? Un chien dressé par son maître pour tuer ? Etait-ce une hyène ? Un ours brun ? Les chercheurs de l'époque et jusqu'aux historiens contemporains croisent le fer sur ce sujet. Vous savez, on a toujours peur de ce que l'on n'a pas compris. Tout ce que le rationnel n'a pas pu codifier suscite une crainte surnaturelle, ancestrale, originelle. On retrouve le même mécanisme sociologique à l'égard du monstre du Loch Ness, en Ecosse ou du Yeti, sur l'Himalaya.

Je réprimai à grand peine un fou rire et poursuivis :
– Selon vous, pourquoi quelqu'un voudrait-il terroriser les Lozériens ?
– Pour que les habitants expient leurs fautes.
– Vous êtes croyant, monsieur Werner ?
– Non, pas du tout. Je plaisante. Mais je vous ai apporté l'extrait d'un texte écrit, à l'époque, par l'évêque de Mende, Gabriel-Florent de Choiseul-Baupré. Ecoutez ça :

"Une bête féroce, inconnue sous nos climats, y paraît tout à coup comme par miracle, sans qu'on sache d'où elle peut venir. Partout où elle se montre, elle laisse des traces sanglantes de sa cruauté (...). La justice de Dieu (...) ne peut permettre que l'innocence soit malheureuse, la peine qu'il inflige suppose toujours la faute qui l'a attirée. De ce principe, il vous est aisé de conclure que vos malheurs ne peuvent venir que de vos péchés. Vous voyez accomplir (...) les menaces que Dieu faisait autrefois par la bouche de Moïse contre les prévaricateurs de la Loi : j'armerai contre vous, leur disait-il, les dents des bêtes farouches (...) J'enverrai contre vous des bêtes sauvages qui vous consumeront, vous et vos troupeaux (...) et qui de vos chemins feront des déserts, à cause que la crainte que vous aurez de ces bêtes vous empêchera de sortir pour vaquer à vos affaires (...) Ne demandez donc plus d'où est venue la bête féroce qui fait tant de ravages parmi vous ; c'est le Seigneur qui dirige sa course rapide vers les lieux où elle doit exécuter les arrêts de mort que sa justice a prononcés".
– Les arrêts de mort que sa justice a prononcés ?
– Oui. Il faut resituer ce sermon au XVIIIe siècle, évidemment. On leur faisait croire n'importe quoi, à ces pauvres paysans.
– Tout de même...

– Vous avez l'impression que ces meurtres ne sont que l'exécution d'arrêts de mort préalablement décrétés ?
– L'impression, non. C'est plutôt de l'ordre de l'intuition, monsieur Werner. Et vous, qu'en pensez-vous ?
– Ce qui est certain, c'est que votre meurtrier a un bon niveau intellectuel. Tant la mise en scène de ses assassinats que sa connaissance historique de la bête du Gévaudan me le font classer à Bac + 4, au minima.
– Vous êtes bigrement précis, dites-moi ?
– Ce n'est pas une précision, c'est une intuition.
– A la bonne heure ! Je vous remercie d'être venu. Je crois que vous m'avez fait beaucoup avancer, même si je ne sais pas encore dans quelle direction.
– Ça viendra. Une nuit, vous vous réveillerez en sursaut et vous crierez "bon sang, mais c'est bien sûr !"
– J'espère, monsieur Werner, j'espère. En fait, ce dont j'aurais besoin, c'est d'un *profiler*.
– Il y en a au FBI, mais ça fait un peu loin.
– Je ne plaisante pas, vous savez. Il doit bien y avoir quelqu'un qui puisse m'aider à comprendre le fonctionnement de ce dingue.
– Moi, j'appelle ça un psychiatre. En tout cas, si vous avez besoin d'autre chose, vous pouvez me joindre ou me laisser un message au Lion d'Or. Je n'en bouge pas jusqu'au printemps. Je vais hiberner pour écrire ma thèse.
– Alors, bonne hibernation. A bientôt.

Le capitaine Orion m'appela une heure plus tard. Il était dans le hall du centre hospitalier de Montpellier et venait d'assister à l'autopsie du corps de Georges Baron. Cette fois, il ne me proposa pas de m'entretenir directement avec le professeur Baco, occupé à peser les différents organes de feu le conseiller financier de la Poste :
– Alors, quoi de neuf, Orion ?
– Neuf marques de morsure dans le dos. A priori, même diamètre et même forme que sur l'autre corps. Le professeur Baco affirme qu'il s'agit du même meurtrier. Quelqu'un qui aurait voulu l'imiter n'aurait pas pu connaître la description exacte des blessures et les reproduire à l'identique.
– Bon. Quoi d'autre ?
– La tête a été tranchée net, à l'aide d'un instrument très acéré. Pas de plaies sur le reste du corps, peu de sang autour

des blessures. La décapitation et les morsures ont été infligées post mortem et le corps a été déplacé après le meurtre. La routine, quoi...
– Vous avez un sens de l'humour renversant, Orion.
– Il vaut mieux le prendre comme ça. Autrement, ce serait désespérant.
– Rien sous les ongles ?
– L'analyse le dira. Idem pour l'ADN dans les plaies.
– Vous a-t-il dit autre chose ?
– Non. Ah, si ! Un truc bizarre. Il a dit que l'assassin devait beaucoup aimer les enfants.
– Ah, bon ? Il a dit ça ?
– C'est quand je lui ai dit que la bête du Gévaudan, à cette date-là, et à cet endroit-là, s'était attaquée à une fillette et pas à un homme adulte.
– Et alors ? Bon. Quand rentrez-vous ?
– Tout de suite, mon colonel. Le temps de boire un café.
– Faites attention sur la route. Il est tombé vingt centimètres de neige depuis ce matin. Ça patine.
– Ne vous inquiétez pas, on a monté les pneus-contact sur le véhicule de service. Et puis, on a l'habitude, par ici, vous savez.
– Insinuez-vous que je ne suis qu'une bourrique de citadin ?
– Bourrique, peut-être pas. Citadin, c'est sûr !
– Faites attention quand même, Rigoletto, et revenez-nous entier.
– Rigoletto ? C'est marrant, ça. C'est pas le titre d'un opéra de Bizet ?
– Opéra, peut-être. Bizet, certainement pas !

Sur cette répartie, dont je n'étais pas peu fier, je raccrochai.

Dufy vint me rendre compte de son enquête de taupe concernant Gabriel Rouffiac, père de feue Véronique. Il habitait toujours dans le même quartier, fréquentait le bistrot, à l'angle de la rue, où il tapait la belote avec quelques congénères. Il ne s'était nullement absenté depuis cinq ans, pas même quarante-huit heures. En fait, Dufy s'était longuement entretenu au téléphone avec le gérant du bistrot en question et ce qu'il me raconta me soulagea d'un poids énorme :

– Il paraît que le vieux Gabriel, quand il a un coup dans le nez, raconte toujours l'histoire de l'accident où sa fille a trouvé la mort. Il donne un luxe de détails qui pourrait laisser croire qu'il était dans la voiture. D'ailleurs, les clients du bar sont convaincus qu'il y était. A chaque fois, il termine son récit en disant : "j'ai été ignoble avec son fiancé. Ignoble". Mais il n'a jamais voulu dire pourquoi. Je suppose qu'il fait référence à la petite phrase assassine qu'il vous a lancée à la figure. Il est bourré de remords, votre papy. Vous devriez reprendre contact avec lui, à l'occasion.
– Merci, Dufy. Ça me fait vraiment du bien d'entendre ça. Je vais lui passer un coup de fil, un de ces jours. Peut-être le soir de Noël, tiens. Ce sera symbolique.
– A propos de Noël, vous avez prévu quelque chose ?
– Pas vraiment.
– Justement, moi non plus. On pourrait se faire inviter chez Orion, qu'en dites-vous ?
– Il faudrait peut-être savoir ce qu'il en dit, lui !
– Il m'en a déjà touché un mot. Je crois que ça lui ferait plaisir. A sa femme aussi, d'ailleurs. Elle adore mettre les petits plats dans les grands. Alors, avoir le colonel à dîner, vous pensez si elle va se surpasser !
– Si je vous comprends bien, Dufy, vous voulez que je sois des vôtres dans le seul but opportuniste de vous assurer un repas grandiose ?

J'avais oublié que Dufy, tout chien fidèle qu'il était devenu, n'avait pas l'humour d'Orion. Il se mit à bredouiller :
– Mais... mais...non...n'allez pas croire une chose pareille... je... vraiment ...
– Je plaisantais, Dufy ! Je plai-san-tais, d'accord ?
– Oui... mon colonel...
– Bon, je suis partant si Orion confirme l'invitation.

Quand le capitaine Dufy quitta mon bureau, il était cramoisi et sa main trembla légèrement sur la poignée de la porte. Il faudrait que je prenne garde, à l'avenir, à ne pas le blesser avec mon humour à l'emporte-pièce.

Quand arriva le jour de Noël, Mende était ensevelie sous cinquante centimètres de neige. Les villages des hauts plateaux environnants étaient inaccessibles autrement qu'en raquettes.

En fin d'après-midi, je me résolus à téléphoner à Gabriel Rouffiac. J'obtins tout simplement son numéro en composant le 12. Il décrocha à la première sonnerie :

– Allô ? Bonsoir, c'est Ronan Doucet au téléphone...
– Ronan ? C'est toi ?
– Oui, monsieur. Je me suis dit qu'après tout ce temps, je pouvais tenter de vous souhaiter un joyeux Noël sans essuyer une rebuffade.
– Mais qui te parle de rebuffer, mon grand ?

Je me souvins de son incorrigible manie d'inventer des mots, souvent jolis, il est vrai.
– D'où appelles-tu, Ronan. Tu es sur Angers ?
– Non, je suis à Mende.
– Où ça ?
– Mende, en Lozère. Au nord de Montpellier.
– Ah. Tu es en poste là-bas ?
– Oui. Je suis passé lieutenant-colonel.
– Bigre. C'est Véronique qui aurait été fière comme bar-tabac !
– Peut-être, oui.
– A propos, mon grand, j'espère que tu as oublié les vilaineries que je t'ai dites la dernière fois qu'on s'est vus. C'était sous le choc, tu vois ?
– Oui, bien sûr.
– Je ne pensais pas de telles horribilités, tu sais.
– Je ne m'en souvenais déjà plus.
– Alors, joyeux Noël, mon grand. Et quand tu passes à Angers, tu fais signe, hein, surtout. Tu te souviens de mon saumon au beurre blanc ?
– Oh, oui. J'en ai les babines qui frémissent.
– Alors, je t'en referai. Et on parlera de notre chère Véronique.
– Joyeux Noël à vous aussi.

A l'instant où je raccrochai, je sus que je n'irais jamais le revoir. Son poisson au beurre blanc était excellent, mais je n'avais aucune envie de passer la soirée à parler de "notre chère Véronique". Je l'avais rassuré, il m'avait rassuré et cette reprise de contact était indispensable. Mais je ne voyais pas, désormais, ce qu'on aurait pu se dire de plus.

Françoise Orion avait – à proprement parler – mis les petits plats dans les grands et le champagne coula à flots. A l'approche de minuit, nous entonnâmes "il est né le divin enfant" à tue-tête, poursuivîmes avec l'incontournable "mon beau sapin, roi des forêts", jusqu'au moment où, juché sur sa chaise, Orion perdit l'équilibre et faillit plonger, tête la première, dans le seau à glace. La maîtresse de maison, plus raisonnable que nous tous réunis, pensa que l'heure du café était venue.

En remontant les escaliers jusqu'à mon appartement, je corrigeai mon pas mal assuré à chaque marche et redressai dignement le buste, de crainte de rencontrer un subordonné au détour d'un couloir. Mais tous mes hommes étaient chez eux, réveillonnant à qui mieux mieux, et dans un état identique au mien sinon pire. Et puis quoi, c'était Noël.

Je me réveillai le lendemain avec une satanée migraine. Je bus quatre cafés et partis faire un footing, au petit trot, sur les berges du Lot.

Mes chaussures de sport s'enfonçaient mollement dans la neige. Quiconque aurait pu me suivre à la trace. Je ne pus m'empêcher de penser que si le meurtrier frappait à nouveau, la neige nous serait d'un précieux secours. Ma nuit avait été peuplée de cauchemars, dans lesquels s'entrechoquaient des psychiatres et des agents du FBI, aux trousses d'une dangereuse secte millénariste. Le rêve était flou, mais il m'en restait comme des effluves qui semblaient me seriner, à chaque nouvelle foulée dans la neige onctueuse : "un psychiatre... le meurtrier est fou... il faut un psychiatre..."

De retour à la caserne, après un bon bain tiède, j'étais à nouveau d'aplomb et pris contact avec l'hôpital psychiatrique de Saint-Alban, situé au nord du département. Le docteur Lacase accepta de me recevoir le matin même, sans s'être donné la peine de savoir le motif de ma visite. En revanche, il émettait des doutes quant à la possibilité de rejoindre Saint-Alban par la route. N'ayant pas d'hélicoptère sous la main, je lui demandai malgré tout le chemin à emprunter avec un véhicule à quatre roues. J'étais fermement décidé à le rencontrer, dussé-je rouler avec des chaînes et affronter des congères.

En passant devant les geôles de garde à vue, au sous-sol de la caserne, je vis deux hommes, encore avinés par les excès de la nuit, qui ronflaient, recroquevillés en chien de fusil sous une couverture de l'armée. Ces deux-là avaient dû se battre, conduire sous l'empire d'un état alcoolique ou troubler l'ordre public d'une manière ou d'une autre. Il s'en expliqueraient plus tard, après complet dégrisement.

Je n'eus pas besoin de chaînes et ne rencontrai même pas la plus petite congère. Il ne m'en fallut pas moins deux heures pour parcourir les cinquante kilomètres qui me séparaient de Saint-Alban-sur-Limagnole.

chapitre 9

L'hôpital psychiatrique de Saint-Alban ne ressemblait en rien aux établissements de ce type qu'il m'avait été donné de visiter au cours de ma carrière. Alors que je m'attendais à trouver l'habituel bloc de béton à plusieurs étages, aux couloirs impersonnels et interminables, je découvris une poignée de petits pavillons disséminés dans la campagne. Il aurait pu tout aussi bien s'agir d'un centre de vacances, même si je concevais fort bien que ceux qui y étaient emmenés – a fortiori s'ils étaient sous le coup d'une hospitalisation d'office – ne devaient guère s'y sentir en villégiature.

Le docteur Lacase me reçut dans un réfectoire enguirlandé de plantes vertes et de décorations de Noël. Il m'invita, sans cérémonie, à déjeuner, et ce fut devant une salade aux pélardons – un délice – que je lui exposai le but de ma visite :

– Je me demandais si vous pouviez m'éclairer un peu sur la psychologie du meurtrier. L'enquête traditionnelle de mes hommes n'a rien donné. Les recherches en police scientifique non plus, ou si peu de chose. Je me disais que peut-être en analysant le comportement du meurtrier, on trouverait une piste.

– Oh, vous savez, son portrait psychologique – si tant est qu'on parvienne à l'établir – ne vous sera pas forcément d'une grande utilité. Souvent, les névrosés ont un comporte-

ment ordinaire, en dehors du grain de folie qui provoque leur passage à l'acte.
– Un névrosé, dites-vous ?
– Voyez-vous, je me doutais que votre appel avait un lien avec ces morts affreuses, alors, en vous attendant, j'ai un peu étudié la question. Je crois que votre meurtrier se présente comme vous et moi. Il a peut-être déjà été votre voisin de table.
– J'ai du mal à le croire.
– Pourquoi ? Vous – je veux dire les non spécialistes – imaginez toujours qu'un "fou" comme vous l'appelez (même si ce mot ne recouvre aucune réalité théorique pour les psychiatres) se comporte, dans chacun des actes de sa vie, comme un cinglé. C'est une vision très réductrice de la maladie mentale. Je pourrais vous montrer une vingtaine de patients, chez nous, que vous prendriez pour des infirmiers ou des médecins, pour peu qu'ils portent une blouse blanche.

Je fixai le docteur Lacase et me pris à penser qu'il n'était peut-être pas docteur. Il surprit mon regard inquiet et éclata de rire :
– C'était une manière de parler. Je suis bien psychiatre, rassurez-vous. Pour en revenir à notre homme, je ne pense pas qu'il soit psychotique. Trop voyant. Peut-être schizophrène, avec dédoublement total de la personnalité. Cela expliquerait la mise en scène : au moment où il commet ses assassinats, il croit être – il est – la bête du Gévaudan. Mais vos victimes n'ont pas été choisies au hasard. L'assassin a donc une implacable suite dans les idées. Ça ne correspond pas trop à la schizophrénie. C'est pourquoi, j'opterais plutôt pour un névrosé.
– Qu'est-ce qui caractérise un névrosé ?
– Justement, rien. Nous sommes tous des névrosés, à différents degrés.
– Ah, bon ?
– N'avez-vous jamais vérifié à deux reprises que la porte de votre appartement était bien fermée ? Névrose ! Ne vous est-il jamais arrivé, lorsque vous étiez enfant – ou plus tard – de cacher un objet pour éviter qu'il ne vous fasse du tort ? Névrose ! N'avez-vous jamais pris peur, au moment où une lumière s'éteignait brutalement ? A l'instant où un bruit insolite résonnait sous votre toit ? Où une ombre furtive cou-

rait le long du mur du jardin ? Névrose, névrose et encore névrose !
– Vu comme ça, évidemment...
– Mais parfois, ces névroses envahissent complètement le champ du réel, au point que la personne qui en est l'objet ne parvient plus à discerner le vrai du faux. Il peut alors développer une maladie mentale plus ou moins grave. Je vous explique cela simplement. En réalité, le processus est plus complexe, vous vous en doutez.
– Pour en revenir au meurtrier...
– Je pense qu'il a très bien pu avoir une vie à peu près normale jusqu'ici. En tout cas, il a su – à force de camouflages répétés – cacher à son entourage l'ampleur de ses difficultés. Et puis, un jour, un événement fait basculer cette construction précaire et la névrose devient un gouffre sans fond dans lequel le malheureux glisse irrémédiablement.
– Quel type d'événement peut provoquer la rupture de l'équilibre ?
– Il peut s'agir du décès brutal d'un proche, de la perte d'un emploi, d'une révélation douloureuse se rapportant au passé de l'individu, ou encore de la conjugaison de plusieurs facteurs qui, pris isolément, ne feraient pas un tel dégât.
– Pourquoi fait-il ça ?
– Je me suis posé la question, figurez-vous. Je pense qu'il accomplit une vengeance. C'est à peu près certain. Une vengeance probablement ancienne.
– Vous croyez qu'il connaissait ses victimes.
– Ça, je n'en sais rien. Ce qui est certain, en revanche, c'est qu'il met en scène la peur, voire la terreur. Il me semble qu'il y a là un élément déterminant.
– De quel genre ?
– Voyez-vous, si son fantasme – son fantasme négatif, j'entends – tourne autour de la peur, c'est qu'il a dû, lui-même, être victime de cette peur étant enfant. Une peur indicible, cruelle, proche de l'épouvante. C'est d'ailleurs l'épouvante qu'il veut faire régner aujourd'hui. Il y a autre chose qui m'intrigue...
– Quoi donc ?
– Il a été dit, dans la presse, que la décapitation et les blessures avaient été infligées après la mort. Vous le confirmez ?
– Absolument.

– Alors, il y a un paradoxe. Cet homme – car je crois qu'il s'agit d'un homme – assouvit une vengeance ancienne, qui a macéré dans son esprit dérangé durant de longues années. La plus terrible des vengeances, en somme. Il mutile cruellement ses victimes mais ne veut surtout pas les faire souffrir. Pourquoi ?
– Peut-être parce que la vision de la douleur lui est insupportable.
– Je ne crois pas. Il ne se gêne pas pour les tuer. Il n'a aucun respect pour leur corps. Ses victimes deviennent les objets de sa vengeance. Mais en sont-elles les sujets ? Vous me suivez ?
– Je crois, oui. Comment le verriez-vous, cet homme ?
– Introverti, assurément. Solitaire, probablement. Avec un niveau intellectuel élevé. Il doit exercer un métier en rapport avec ce niveau élevé. Je pense qu'il est très méticuleux dans son travail, peut-être même brillant. Il a toujours à cœur de bien faire. Même ses meurtres – si je puis me permettre – c'est du travail soigné, non ?
– On peut le dire, en effet. A-t-il des amis ? Va-t-il au cinéma ? Préfère-t-il cultiver son jardin ?
– C'est un curriculum vitae que vous me demandez là ! Comment voulez-vous que je le sache ? Je dirais plutôt le jardinage que le cinéma, compte tenu de son caractère saturnien. Il ne doit pas aimer la foule. Lecture au coin de la cheminée, travaux d'entretien de son logement, ça lui ressemblerait davantage. Il ne doit pas non plus aimer les voyages. Je pense qu'il a cristallisé un problème il y a bien longtemps, et qu'il reste recroquevillé dessus, en vrai parasite de sa propre douleur. Savez-vous comment on appelle ces plantes – de type lierres, champignons – qui s'accrochent aux troncs d'arbre et les étouffent ?
– Non.
– Des végétaux saprophytes. Sauf que les troncs, ça ne leur profite pas vraiment ! Votre individu, c'est pareil. Il s'accroche à sa douleur, et ça ne lui profite en rien, la preuve.
– Vous excluez qu'il puisse agir par sadisme ?
– On ne peut jamais rien exclure, en ce domaine. Mais franchement, je ne crois pas. C'est un homme qui souffre terriblement. Voilà ce que je crois. Et sa souffrance l'a rendu fou.
– Peut-il reprendre ses esprits ? Arrêter le cercle infernal ?

– Peut-être. Si un autre événement extérieur lui fait prendre conscience de ce qu'il est en train de faire. Sinon, aucune chance qu'il interrompe ce qu'il a commencé.
– Il va assassiner beaucoup de monde ?
– Là, vous m'en demandez trop. Je ne sais même pas de quoi il se venge et pourquoi maintenant.
– Et pourquoi la bête du Gévaudan ?
– Ça, c'est plus facile à imaginer. Si vous voulez semer la terreur dans ce pays, c'est le véhicule idéal.
– Vous croyez qu'il est lozérien, alors ?
– Oui. Il est lozérien et sa vengeance est lozérienne.
– Y a-t-il eu, que vous sachiez, un crime resté impuni, dans ce département ?
– Voilà une idée intéressante. Désolé, mais je ne suis dans cette région que depuis trois ans. Il faudrait demander à un gars du pays ou consulter les archives de la presse locale.
– Dites-moi, docteur : avez-vous laissé sortir, ces derniers temps, un malade dangereux ?
– Je m'étonnais que vous ne m'ayez pas encore posé la question. Non. Lorsque nos patients sortent d'ici, il ne présentent plus de danger pour eux-mêmes ou pour les autres, en général. Quoi qu'il en soit, je n'ai eu personne, ici, qui corresponde au portrait que nous venons de dresser, ni de près, ni de loin. De surcroît, il n'y a eu aucune sortie depuis la fin du mois de septembre.

Nous avions fini de déjeuner depuis longtemps déjà et la fille de salle tournait autour de la pièce comme un insecte buté, impatiente de débarrasser. Je posai ma serviette et me levai, imité par le docteur Lacase.

Dans le couloir qui nous ramenait vers la sortie, il me confia :
– Cette fille, qui nous a servi à table, savez-vous quel est son mal ?
– C'est une patiente ?
– Oui, elle donne un coup de main. Elle est chez nous depuis vingt ans.
– Mais elle paraît toute jeune !
– Elle a trente-six ans. Autrement dit, elle en avait seize quand on l'a accueillie.
– De quoi souffre-t-elle ?

– Ses parents sont morts dans un accident de voiture. Elle occupait le siège arrière. La voiture est tombée dans un ravin. Elle n'a pas pu quitter le véhicule parce que les portières étaient bloquées. Elle avait beau crier et appeler au secours, personne ne pouvait l'entendre. L'accident avait eu lieu dans le nord de la Lozère, à dix kilomètres de la première habitation, en pleine nuit et sur un chemin vicinal très peu fréquenté. Les secours sont arrivés sur place dix-huit heures plus tard. La pauvre gamine est restée durant tout ce temps avec les deux corps de ses parents sous les yeux, impuissante. On ne sait pas s'ils sont morts sur le coup ou s'ils ont survécu quelques heures, pour la bonne raison que la pauvre fille n'a plus jamais prononcé un mot. Son comportement est aujourd'hui à peu près normal, si l'on excepte son mutisme. En revanche, elle ne peut pas monter dans une voiture – c'est compréhensible – et souffre d'une grave forme de claustrophobie. Elle ne se sent bien qu'à l'air libre ou dans des salles très vastes, comme le réfectoire dans lequel nous avons déjeuné.
– Vous en avez beaucoup, des histoires de ce genre ?
– Ce ne sont pas mes histoires, mon colonel. Ce sont les leurs…

Sur le chemin du retour, alors que je roulais à vingt kilomètres à l'heure dans les traces laissées par les voitures qui m'avaient précédé sur la route enneigée, je ne cessais de revoir – en pensée – la fille de salle, qui s'activait furtivement autour de notre table. Je l'imaginais, seule dans la nuit, dans l'habitacle ensanglanté, hurlant de terreur durant dix-huit heures et cette vision m'arracha un frisson.

Je fis part à Dufy et Orion de ma rencontre avec le docteur Lacase. Je leur exposai les différentes hypothèses que le psychiatre avait élaborées autour du meurtrier. Je n'eus pas l'impression qu'Orion était très emballé. En revanche, Dufy m'écouta avec un intérêt non dissimulé.

Les jours succédèrent aux jours sans apporter aucun élément d'enquête auquel nous raccrocher. Je passai le jour de l'an au fond de mon lit, emmitouflé sous un édredon épais, fauché par une bonne grippe. Je restai ainsi plusieurs jours, n'ouvrant l'œil que pour voir pénétrer timidement dans ma chambre Orion ou Dufy m'apportant mes repas, que je touchais à peine, et m'administrant toutes sortes de médicaments, que je me devais d'avaler, bon gré, mal gré, sous l'œil quasi-maternel de mes subordonnés. Enfin, le quatre janvier, je remis pied au sol et pus me laver et m'habiller. Mon arrivée en salle de commandement sembla revigorer mes hommes, même si certains me firent remarquer que j'étais encore un peu pâle.

Le redoux avait fait disparaître la neige et un soleil froid illuminait la ville. Je me remis lentement au travail, en reprenant scrupuleusement chaque procès-verbal dressé depuis le 25 novembre, date de la découverte du premier corps. Je passai en revue le moindre détail, la plus petite déposition. Après deux jours de ce fastidieux travail, il m'apparut évident que nous n'avions quasiment aucun indice, et que le meurtrier pouvait encore tuer et mutiler des victimes tout à son aise.

Comme s'il avait pu lire dans mes pensées, il récidiva le jour même.

chapitre 10

Le corps fut découvert dans un chemin de Saint-Juéry, un village situé près de Fournels, à l'extrême nord-est du département.

A la mi-journée, le facteur qui faisait sa tournée avait aperçu une jambe qui dépassait d'un fourré. Il avait immédiatement stoppé son véhicule et était venu voir de quoi il s'agissait. Il avait immédiatement compris que la femme était morte et était remonté en courant dans sa voiture pour aller donner l'alerte au village.

Malgré le dégel, il nous fallut plus d'une heure pour rejoindre l'endroit.

Je mis à profit le trajet en voiture pour consulter le livre à la date correspondante, pendant que le capitaine Orion conduisait. Le sentant impatient de connaître le contenu du passage, je lui en donnai lecture :

"Le 6 janvier 1765, Delphine Gervais cueillait des herbes dans son jardin de Saint-Juéry lorsque la bête bondit sur elle. L'animal l'égorgea et prit la fuite. L'acte de sépulture de la malheureuse porte mention de ce drame puisqu'on peut y lire : dévorée par une bête féroce inconnue qu'on prétend être une hyène."

Je rangeai le livre dans la boîte à gants. Depuis quelque temps, j'éprouvais à son endroit une sorte de fascination mêlée de dégoût. Pourtant, le livre, écrit depuis près de vingt ans, n'était pour rien dans le drame qui se jouait depuis six semaines dans ce pays.

A notre arrivée, un attroupement s'était formé autour du corps bien que le gel des lieux ait été immédiatement opéré par les gendarmes de Fournels. Nous eûmes toutes les peines du monde à disperser les curieux. Au sein des groupes, il n'était question que de la bête du Gévaudan. Il ne faudrait pas longtemps pour que la presse soit informée de ce nouveau meurtre.

Le livre ne parlait pas de décapitation et, fidèle à son terrible pastiche, le meurtrier n'avait pas touché à la tête de la victime, si on exceptait une plaie béante à l'arrière du crâne. Il s'agissait d'une femme d'une cinquantaine d'années, assez forte, les cheveux châtains coiffés en chignon. Elle ne portait pas de manteau et était vêtue d'une simple robe de laine rouge. Son habit était lacéré et, par les déchirures, j'entrevis de multiples plaies dont je reconnus immédiatement les caractéristiques. Son sac à main avait disparu mais le chef Marquet découvrit, dans son poing fermé, un morceau de papier. Il eut quelques difficultés à ouvrir la main de la malheureuse pour en extraire un message, rédigé sur une feuille de cahier d'écolier et rédigé en lettres capitales : *"dévorée par une bête féroce inconnue qu'on prétend être une hyène"*. Pour son troisième assassinat, le cinglé avait voulu marteler – s'il en était encore besoin – l'analogie avec la bête.

Le morceau de papier fut immédiatement placé sous scellés, mais je doutais fort que l'assassin y eût laissé ses empreintes. Peut-être une expertise graphologique nous apprendrait-elle quelque chose. De cela aussi, je doutais un peu puisque nous n'avions aucun spécimen d'écriture pour procéder à une comparaison.

L'adjudant Ollier, qui commandait la brigade de Fournels, me désigna un petit homme barbu, appuyé contre un arbre, la cigarette aux lèvres, comme étant le facteur qui avait découvert le corps en faisant sa tournée. Quand je me dirigeai vers lui, il eut un mouvement de recul. Craignait-il que je lui passe les menottes ?

– Votre nom, s'il vous plaît ?

– Gérard Borel. Je faisais ma tournée. Je passe toujours par là. J'ai vu une jambe qui dépassait sur le chemin et...

– Quelle heure était-il ?

– Midi vingt, à peu près. Ce qui est sûr, c'est qu'elle n'y était pas à onze heures.
– Vous êtes sûr ???
– Certain. Je passe par là à onze heures pour distribuer les villages du haut, et après je redescends sur Fournels. A l'aller, il n'y avait rien.
– Bien. Je vais demander à un gendarme de Fournels de prendre votre déposition afin de vous libérer au plus vite.
– J'ai fini ma tournée pour aujourd'hui, alors, ça m'est égal.

Selon le rituel désespérément routinier, le corps fut placé dans une bâche et dirigé vers Montpellier. Les TIC ne trouvèrent aucune trace exploitable autour du corps, pas même les empreintes de pneus relevées sur les deux autres scènes de crime. A cet endroit, le sol était trop sec pour garder trace du passage d'un véhicule.

Au cours du trajet qui nous ramenait à Mende, Orion ne prononça pas un mot, s'appliquant à garder les yeux rivés sur la fourgonnette de gendarmerie qui nous précédait. Pour ma part, je sentis monter en moi une colère irrépressible, douloureuse, cinglante à l'encontre de l'homme capable de se livrer à un tel carnage. Le docteur Lacase avait beau penser qu'il "souffrait terriblement", je commençai ce jour-là à lui vouer une haine farouche, proche de l'abomination. Je m'étais pourtant toujours défendu, dans ma carrière, de m'investir passionnellement dans les meurtres sur lesquels j'étais amené à enquêter. Mais, avec ce troisième assassinat, la coupe était pleine et débordait de toutes parts.

Je passai l'après-midi en salle de commandement, sursautant à chaque sonnerie du téléphone. Nous attendions l'appel nous annonçant que madame Untel n'était pas rentrée, impatients de mettre un nom sur le visage de la femme assassinée.

Vers vingt-deux heures, mon énervement était à son comble. Je faillis même insulter une pauvre mamie qui téléphonait pour se plaindre de dégradations commises sur sa boîte aux lettres.

Aucun de mes hommes n'était parti manger. A minuit, Orion monta chez lui et nous ramena des sandwiches. A deux heures du matin, je donnai le signal du renoncement en ordonnant à mes hommes d'aller dormir quelques heures. La journée qui nous attendait serait sûrement très longue.

Nous fûmes tous à pied d'œuvre dès huit heures, mais l'appel attendu ne nous parvint pas. Peut-être la femme vivait-elle seule et fallait-il davantage de temps pour que des voisins s'étonnent de son absence.

La presse, en dépit du bon sens, affichait des titres beaucoup plus sobres pour ce troisième assassinat, comme si elle avait conscience de sa responsabilité dans la psychose générale qui avait frappé la Lozère. La plainte en diffamation du gérant du parc animalier de Sainte-Lucie n'était sans doute pas étrangère à cette pondération inattendue. La perspective d'un procès avait dû considérablement refroidir l'ardeur des reporters. On pouvait lire, à la une de la Lozère Nouvelle : *"L'assassin frappe à nouveau"* et, en première page du Midi Libre : *"et de trois..."* ce que je trouvai, pour ma part, de fort mauvais goût.

En milieu d'après-midi, je me résolus à convoquer la presse. Puisque l'assassin nous avait fait l'indicible honneur de nous laisser la tête de la victime, il nous était loisible de faire paraître sa photographie dans la presse locale dès le lendemain.

Les journalistes ne se firent pas prier pour venir à la conférence de presse. Ils étaient bien plus nombreux que je ne l'avais supposé. Hormis la presse locale, divers médias nationaux avaient fait le déplacement. Je reconnus, sur les caméras Bétacam des reporters, les logos de France 2, France 3, TF1 et M6. D'autres journalistes vinrent se présenter directement : l'envoyé spécial de France Inter et celui de Libération, qui m'annonça être également pigiste pour le Monde. Le capitaine Orion distribua à chacun une photographie de la victime, prise par les TIC à Saint-Juéry, accompagnée du numéro de téléphone de la gendarmerie de Mende, à l'usage de toute personne qui reconnaîtrait le visage. Je fis un exposé très bref de la découverte du corps espérant m'en tirer ainsi à bon compte. Mais quand je me redressai pour quitter la salle, les questions fusèrent :

– Vous croyez à la thèse de la bête du Gévaudan, mon colonel ?
– Pas du tout.
– C'est un fou qui s'est échappé de Saint-Alban ?

– Non. Je ne crois pas.
– Qu'est-ce que ça vous fait d'être tenu en échec alors que vous venez de prendre le commandement du Groupement de la Lozère ?
– Ça ne me fait pas plaisir, mais le problème n'est pas là.
– Pourquoi le parquet n'a-t-il pas ouvert une information ?
– C'est une question qu'il vaudrait mieux poser directement au procureur.
– Avez-vous une piste ?
– Nous en avons plusieurs, mais aucune n'est – pour l'instant – privilégiée.
– Vous croyez qu'il se prend pour la bête du Gévaudan ?
– Oui. Ça je peux vous le confirmer.
– Est-ce que les trois victimes se connaissaient ?
– Je vous rappelle que nous ignorons l'identité de la troisième. Pour les deux premières, a priori, elles ne se connaissaient pas.
– Si l'enquête piétine, est-ce parce qu'un notable lozérien est directement impliqué ?

Je crus que j'allais sauter à la gorge de l'effronté. Ce fut à grand-peine que je gardai mon calme et mon savoir-vivre :
– Monsieur, je ne sais pas quel média vous représentez...
– Radio Luciole, mon colonel, une radio associative.
– Alors, vous direz aux auditeurs de Radio Luciole que je n'ai pas pour habitude de couvrir qui que ce soit. J'arrêterai le meurtrier, fût-il le bon Dieu en personne.

Je parvins finalement à m'extraire de la horde, sous le crépitement des flashes. Je revins dans mon bureau et m'écroulai sur ma chaise : cette conférence de presse m'avait littéralement vidé.

A chaque heure qui passait, l'attente d'un appel téléphonique hypothétique se faisait moins pressante. En vérité, plus le temps s'écoulait, plus je me persuadais que personne n'appellerait. Je mis donc tous mes espoirs dans la photographie à paraître le lendemain dans la presse et montai me coucher.

Ce fut le chef Marquet qui prit l'appel, à la mi-journée : un fleuriste parisien avait reconnu la photographie parue dans le journal Libération. Le témoin s'appelait Marc Aron et nous appelait de Paris. Je pris la communication :

– Vous êtes sûr de reconnaître la personne sur la photographie ?
– Oui. Avec son mari, elle tient le restaurant à côté de ma boutique de fleurs, rue de Grenelle. Elle s'appelle Odile Rascot, et son mari, c'est Paul. Actuellement, le restaurant est fermé. Lui est aux Etats-Unis. Elle, elle est partie l'autre jour en Lozère.
– Quand était-ce exactement ?
– Attendez voir, on est vendredi. C'était mardi. Mardi matin.
– Comment le savez-vous ?
– C'est par hasard. J'arrangeais la devanture de mon magasin quand elle est passée. Elle avait l'air bougrement pressée. Elle m'a dit qu'elle sautait dans le premier train pour Clermont-Ferrand. Elle s'en allait à Mende rencontrer quelqu'un. Elle ne m'a pas dit qui. J'ai même pensé... enfin...
– Dites ce que vous avez pensé, Monsieur... Vous pouvez parler librement.
– Je me suis dit que peut-être elle allait rejoindre un amant, vu que son mari était à l'étranger.
– Etait-elle connue pour avoir des aventures extra-conjugales ?
– Vous en parlez au passé… Elle est morte ?
– Oui. Je ne peux vous en dire plus. Lui connaissait-on une liaison ?
– Pas du tout, mais on ne sait jamais. Il y a toujours une première fois, hein ?
– Portait-elle une valise ?
– Non. Rien du tout. Juste son sac à main. Ça aussi, j'ai trouvé ça bizarre. Quand on part pour quelques jours, on prend un minimum d'affaires.
– Odile Rascot connaissait-elle la Lozère ?
– Je pense bien. Elle est née là-bas. Son mari aussi. C'est là-bas qu'ils se sont mariés. Ça ne fait que vingt ans qu'ils sont montés à Paris pour ouvrir leur restaurant.
– Et quel âge avait-elle ?
– Exactement, je ne pourrais pas vous dire. Ah si, tiens ! Paul est venu m'acheter un énorme bouquet de fleurs, au début du mois de décembre. Il m'a dit : "c'est pour le jubilé de mon petit lapin". Sur le moment, je n'ai pas compris. Après, il m'a expliqué qu'elle avait un demi-siècle. Cinquante ans, quoi.

– Il aimait beaucoup sa femme, on dirait ?
– Comme un fou, qu'il l'aimait. J'aimerais pas être à la place de celui qui va lui annoncer ça, moi je vous le dis.
– Quand vous l'avez vue passer, elle semblait contrariée ?
– Non, au contraire. Elle avait l'air contente comme tout. C'est pour ça que j'ai pensé à l'escapade romantique.
– Encore une chose : savez-vous comment on peut joindre son mari aux Etats-Unis ?
– Oui. Il me laisse toujours ses coordonnées quand il est absent, au cas où il y aurait un problème dans son commerce.
– Un problème ?
– Ben, oui. Ne serait-ce que les tags de ces sales mioches, ou une fuite d'eau, un cambriolage, n'importe quoi.

Je passai le combiné au chef Marquet qui nota scrupuleusement les coordonnées de Paul Rascot à Miami et le numéro de téléphone du couple, à Paris, afin de procéder à une nouvelle remontée d'appels. Il semblait en effet que – fidèle à son scénario – le meurtrier avait téléphoné à Odile Rascot chez elle pour l'obliger (par quel subterfuge ?) à venir en Lozère.

Ce nouvel assassinat marquait un véritable tournant dans notre enquête. Plus question, en effet, de prétendre que le meurtrier frappait au hasard. Il avait fait revenir sa victime tout exprès de la capitale pour la tuer. Par ailleurs, il n'avait pas agi à la faveur de la nuit. J'ignorais encore à quelle heure Odile Rascot avait été tuée. En revanche, je connaissais l'heure à laquelle l'assassin avait déposé le corps à Saint-Juéry : le mercredi matin, entre onze heures et midi vingt. Comment pouvait-il être certain d'agir en toute impunité, au point de transporter un corps en plein jour ? Où avait-il rencontré Odile Rascot ? L'attendait-il à sa descente du train, à Clermont-Ferrand ? A l'arrêt de l'autocar, à Mende ? Autant de questions qui feraient l'objet d'une enquête minutieuse auprès de la SNCF.

La pénible tâche d'alerter Paul Rascot revint au capitaine Orion. Le téléphone résonna de sanglots déchirants venus d'outre-Atlantique. Quand il sut où était entreposé le corps de sa femme, Paul Rascot prit le premier avion pour Paris, puis pour Montpellier.

J'eus des nouvelles de son passage à l'institut médicolégal par le professeur Baco, qui me contacta le lendemain. Paul Rascot s'était précipité sur le corps de sa femme. Agrippé à son cou, il s'était allongé contre son flanc, dans une étreinte morbide. Il avait fallu pas moins de cinq personnes pour le faire lâcher prise. En trente ans de médecine légale, le professeur Baco n'avait jamais vu une telle scène de désespoir. Paul Rascot avait fait l'objet d'une hospitalisation d'office, dans un service de psychiatrie, à Montpellier. Nous n'étions pas près de recueillir son témoignage.

Ce jour-là, je convoquai une vingtaine de mes hommes – Compagnie et BR confondues – pour reprendre l'enquête à zéro. Nous avions trois victimes, sélectionnées selon une logique qui nous échappait encore, mais il était certain qu'un lien unissait leur destin. Il nous fallait d'urgence découvrir la nature de ce lien, si ténu fût-il, avant que l'assassin ne récidive.

chapitre 11

Nous nous mîmes laborieusement au travail dès le petit jour. Orion avait dressé un nouveau tableau où figuraient les éléments essentiels dont nous disposions pour chacune des victimes. Je rageais de penser qu'un jour, nous n'aurions peut-être plus de feuille assez grande pour y faire figurer tous les cadavres mutilés par le cinglé :

NOM :	Geneviève Granier	Georges Baron	Odile Rascot
DÉCOUVERTE :	25 novembre	20 décembre	6 janvier
LIEU :	Buffeyrettes	Le Puech	Saint-Juéry
SEXE :	féminin	masculin	féminin
AGE :	68 ans	52 ans	50 ans
DOMICILE :	Badaroux	Marvejols	Paris
EMPLOI :	agricultrice	Conseiller financier	Restauratrice

Je balayai du regard les hommes réunis en salle de commandement. Ils gardaient les yeux rivés sur le dérisoire panneau fixé au mur et j'attendis leurs commentaires. J'étais prêt à me contenter de la moindre miette d'idée qui leur serait venue à l'esprit.

Dufy se leva et fit les cent pas devant le tableau. Au moment où son mouvement de pendule commençait à m'exaspérer il s'arrêta devant le panneau et prit la parole :

– Georges Baron et Odile Rascot avaient sensiblement le même âge. Ils étaient tous deux lozériens. Peut-être se sont-ils connus.

– En effet. Autre chose, capitaine ?
– Oui. Les trois corps ont été découverts au nord du département. Les sites ne sont pas très éloignés les uns des autres. L'assassin habite peut-être dans le secteur nord. S'il tue et mutile les victimes chez lui, il ne peut pas prendre le risque de parcourir une grande distance avec un cadavre dans son coffre de voiture.
– Intéressant.

Marquet leva la main, tel un gamin voulant demander à l'instituteur la permission d'aller aux toilettes :
– Vous voulez ajouter quelque chose, Marquet ?
– Oui, mais je ne voudrais pas que vous le preniez mal, mon colonel...
– Au point où nous en sommes, vous savez...
– Voilà. Je pense qu'il ne faudrait pas fermer le tableau, à sa base inférieure.
– Pourquoi donc ?
– Eh bien, parce que de toute évidence, il manque une ligne, qu'on n'a pas encore trouvée.

Orion intervint, sur un ton un peu perfide :
– Et c'est pour formuler une telle évidence que tu monopolises la parole ?

Je me pressai d'intervenir pour étouffer son courroux dans l'œuf :

– Si vous saviez, capitaine, le nombre d'affaires qui ont été résolues par la seule quête obstinée de l'évidence. Marquet a raison, il nous manque une ligne. Nous allons tenter de la remplir. Pour ce faire, vous allez éplucher les curriculum vitae des trois victimes par le menu. Vous irez interroger les proches, les voisins, les collègues.

Un gendarme – dont je n'avais pas retenu le nom – demanda timidement :

– Qu'est-ce qu'on cherche comme renseignements ?
– Tout ! Absolument tout ! Je veux savoir si Geneviève Granier aimait les épinards, si Odile Rascot écoutait des disques de jazz, si Georges Baron dépareillait ses chaussettes. Plus la liste de vos informations sera longue, plus on aura de chance de trouver notre lien. Au boulot.

Deux jours plus tard, nous étions à nouveau réunis au même endroit. Le chef Marquet et deux autres gendarmes prirent la parole, à tour de rôle, pour faire à haute voix la synthèse des informations recueillies. La capitaine Orion complétait son tableau au fur et à mesure.

J'appris – en réprimant une furieuse envie de rire – que Geneviève Granier n'aimait pas les épinards. J'aurais été curieux de savoir lequel de mes gendarmes avait cru bon de diligenter une enquête très pointue à ce sujet. Celui-là n'avait peut-être pas inventé la poudre mais il était d'une obéissance remarquable. Les renseignements tombaient un à un dans l'escarcelle du capitaine, qui continuait à annoter scrupuleusement son tableau. Le lien, nous le découvrîmes au moment où plus aucun de nous ne l'espérait : Geneviève Granier et Odile Rascot avaient eu recours, dix ans auparavant, à un dermatologue de Clermont-Ferrand, Eugène Pourcel. En revanche, Georges Baron n'avait eu, visiblement, aucun problème de peau. Certes, la piste était infime, mais c'était la première fois depuis le début du massacre que nous établissions un rapport entre deux victimes. En se précipitant sur l'annuaire pour trouver les coordonnées du dermatologue, Marquet semblait jubiler.

Eugène Pourcel devait se rendre à Montpellier le lendemain et accepta de faire un détour par Mende pour venir témoigner. C'était un homme de petite taille, le visage marqué par les stigmates de la variole. Ce handicap avait vraisemblablement joué un rôle déterminant dans son orientation professionnelle.

Notre euphorie fut de courte durée. Eugène Pourcel n'avait rien à nous dire, sinon qu'il avait soigné Geneviève Granier dix ans plus tôt pour une verrue plantaire et Odile Rascot, à quelques mois d'intervalle, pour une dermite au coude gauche. A sa connaissance, les deux femmes ne s'étaient jamais rencontrées.

L'épée de Damoclès suspendue au-dessus de ma tête depuis le 25 novembre, tomba avec fracas vers midi. Elle prit la forme d'un appel téléphonique du procureur, m'enjoignant de venir le trouver au tribunal avec l'ensemble des trois procédures en cours et les scellés correspondants. Je ne savais que trop ce que cela signifiait. Lorsque un procureur sollicite une procédure avant qu'elle ne soit close, c'est qu'il entend ouvrir une information. J'avais beau me douter que la saisine d'un juge d'instruction était inexorable, je ne pouvais me faire à l'idée que l'on me retirât ces affaires ; ç'aurait été subir le plus grand échec de ma carrière.

Le procureur ne m'avait guère laissé le temps de me ronger les sangs. Je ne disposais en effet que d'une demi-heure pour rassembler toutes les pièces du dossier et me précipiter, en compagnie du capitaine Orion, au palais de justice. J'attrapai en hâte la pile de procès-verbaux pendant que le chef Marquet allait chercher au sous-sol le carton contenant les scellés (excepté le vélo de Geneviève Granier, un peu trop encombrant).

François Berthier fut aussi aimable qu'à l'accoutumée, même si son teint de plâtre en disait long sur sa déconfiture, qui était aussi la nôtre. Il rédigea un réquisitoire introductif, où l'on pouvait lire :
"Vu la procédure de la Brigade de Recherches de Mende,
Attendu qu'il en résulte contre X des indices graves et concordants d'avoir commis des faits d'assassinat,
Requiert qu'il plaise à Monsieur le Juge d'Instruction informer par toutes voies de droit.
Suivaient les mots *"et décerner mandat de dépôt"* que le procureur avait biffés. Il faut dire qu'il n'est pas aisé de passer les menottes à "X" et de l'emmener en prison.

Le procureur nous invita à attendre dans le couloir pendant qu'il apportait les procédures et son réquisitoire introductif au juge d'instruction. Leur entrevue dura plus d'une heure, mettant nos nerfs à rude épreuve. Nous n'osions échanger notre anxiété et Orion préféra s'adonner au calcul savant consistant à compter les dalles de marbre, d'un bout à l'autre du couloir.

Enfin, la porte se rouvrit et le procureur nous fit entrer dans le bureau du juge d'instruction. Il s'appelait Claude Varot et venait d'être nommé à ce poste une semaine auparavant, raison pour laquelle je ne l'avais jamais rencontré. Je fus impressionné par son jeune âge : il ne devait pas avoir plus de vingt-cinq ans. Il était de ces jeunes magistrats frais émoulus de l'Ecole Nationale de la Magistrature ; je fus même persuadé qu'il était venu à Mende occuper son premier poste.

Claude Varot, très distingué dans son costume trois pièces, nous rassura d'emblée. Il n'était pas question, pour lui, de charger de l'enquête un nouveau service qui ne connaissait rien de l'affaire. En résumé, la gendarmerie de Mende restait saisie. Je le trouvai soudain éminemment sympathique, notre nouveau juge d'instruction.

En sortant du tribunal, nous fîmes halte devant la cabine téléphonique d'où l'assassin avait appelé Geneviève Granier. Il est toujours désagréable de marcher sur les traces d'un assassin sans visage. Je savais qu'il était venu ici, qu'il avait soulevé le combiné du téléphone, introduit sa carte téléphonique et composé le numéro de sa victime. Il avait dit "allô", s'était fait reconnaître et avait donné rendez-vous à la pauvre femme sur les berges du Lot. Ma reconstitution des événements s'arrêtait là.

Le juge d'instruction nous avait délivré une commission rogatoire qui allait nous permettre d'enquêter sur l'ensemble du territoire français et de placer en garde à vue qui bon nous semblait. Cet énorme pouvoir concédé aux enquêteurs par la saisine d'un magistrat instructeur ne nous était pas, pour l'instant, d'un grand secours. Du moins, cette commission rogatoire me permit-elle d'envoyer Marquet, le jour même, à la gare de Clermont-Ferrand afin d'y dénicher des témoins ayant aperçu une voyageuse sans bagages, descendue du train en provenance de Paris dans la journée de mardi.

Les informations rapportées par Marquet étayèrent le témoignage du fleuriste parisien. Odile Rascot, à son arrivée à Clermont-Ferrand, était montée dans le car, à destination de Mende. Le chauffeur s'était souvenu d'elle car elle n'avait pas sollicité l'ouverture de la soute latérale du car pour y remiser une quelconque valise. Le chauffeur avait affirmé qu'elle était souriante et gaie. La passagère, qui s'était assise à l'avant du véhicule, avait même échangé quelques mots avec lui. Il se souvenait l'avoir entendue dire qu'une heureuse surprise l'attendait à Mende, sans autre précision. Le chauffeur avait pensé à la naissance d'un petit-fils, ou quelque chose de semblable.

Quand le car était venu stationner devant la gare de Mende, la femme était descendue et avait scruté la place des yeux, comme si elle s'était attendue à y voir quelqu'un.

Après avoir patienté quelques minutes, elle s'était dirigée à pied vers le centre ville, distant de moins d'un kilomètre.

Ce nouvel élément vint conforter l'idée que l'assassin connaissait fort bien la victime et avait su lui dire ce qu'il fallait pour l'inciter à sauter dans le premier train. Je fus même persuadé que le meurtrier habitait à Mende, raison pour laquelle Odile Rascot, ne le voyant pas arriver, s'était dirigée vers le centre ville.

En revanche, l'hypothèse du chauffeur quant à la naissance d'un petit-fils pouvait être d'ores et déjà écartée : le couple Rascot n'avait pas d'enfants.

Des enquêteurs – munis de la photographie de la victime – rendirent visite aux rares commerçants disséminés sur le parcours entre la gare et le centre. Aucun ne se souvint avoir vu passer "la dame de la photo".

La réquisition faite auprès des services de France Telecom nous apprit qu'Odile Rascot avait reçu un appel à son domicile parisien, le mardi 5 janvier à neuf heures du matin. Le numéro appelant correspondait à un poste téléphonique à carte, situé près des toilettes, dans le sous-sol du bar-restaurant le Drakkar, ce même bar où Karl Werner avait eu une explication musclée avec un consommateur, deux semaines plus tôt. S'agissait-il d'un simple hasard, comme on peut en trouver à foison dans une petite ville comme Mende ?

Je me rendis sur le champ au Drakkar. Ni le gérant, ni les serveurs ne se souvenaient d'un client étant descendu au sous-sol pour téléphoner. Au demeurant, le gérant m'expliqua que la clientèle empruntait le même escalier pour se rendre aux toilettes. Comme pour m'accabler davantage, il me désigna une porte, située à mi-chemin entre les deux étages, qui donnait sur la rue. Autrement dit, l'homme avait très bien pu entrer dans le bar, téléphoner et ressortir de l'établissement sans passer devant le zinc ni même consommer.

La journée apporta, malgré tout, son maigre lot de consolation. Marquet vint me faire part des résultats de l'analyse pratiquée sur la trace de sang qu'il avait prélevée sur l'améthyste. Il s'agissait bien du sang de la victime, autrement dit, l'objet perdu appartenait probablement au meurtrier.

J'imaginai alors l'assassin, l'améthyste pendue à un lacet de cuir lui entourant le cou, alors qu'il déposait la tête de Geneviève Granier dans le bosquet. Je vis le lacet qui cédait et l'améthyste qui roulait dans l'herbe. Le soir, en se déshabillant, il avait peut-être vu tomber à ses pieds le lacet de cuir et compris que la pierre, si elle se trouvait sur les lieux du crime, pouvait le démasquer. Tout méthodique qu'il était, il avait commis là une erreur grossière, mais ce constat ne semblait pas l'avoir perturbé durablement si j'en jugeais par la détermination et le sang-froid avec lesquels il avait tué à nouveau, à deux reprises.

Pour la troisième fois en moins de deux mois, Orion m'appela de l'Institut médico-légal de Montpellier, où il venait d'assister à l'autopsie d'Odile Rascot :
– Cette fois, mon colonel, le professeur a trouvé les causes de la mort.
– La blessure à la tête ?
– Oui. Elle a reçu un coup d'une rare violence sur l'arrière du crâne. Personne n'aurait pu survivre à un tel coup de massue.
– C'était une massue ?
– Le professeur Baco n'a pas pu être aussi précis. Il a dit que c'était un objet lourd et de forme allongée, de type massue ou gourdin.
– Qu'a-t-il dit pour les autres blessures ?
– Identité totale avec les morsures constatées sur les deux autres corps. Même forme, même taille. Les morsures ont été infligées à travers les habits. Elle n'a pas été préalablement dévêtue.
– Quoi d'autre ?
– Il a fait les prélèvements habituels, ADN notamment. Autre chose : le papier a été placé dans le poing de la victime juste après sa mort.
– Comment le sait-il ?
– A cause de l'absence de lividités cadavériques aux pliures des doigts. Il en a déduit que la position de la main n'avait pas été modifiée au cours des heures ayant suivi le décès. D'ailleurs, le meurtrier n'aurait pas pu lui ouvrir et lui fermer la main longtemps après le décès, à cause de la rigidité cadavérique.

– Donc, il l'a tuée d'un coup de massue, lui a mis le papier dans la main et lui a lacéré le dos. Dans cet ordre-là ?
– Apparemment, oui. Pour le reste, c'est comme dans les deux premiers meurtres : la victime a été déplacée plusieurs heures après la mort.
– Bon.
– Attendez. Je crois que le professeur souhaite vous parler.

J'entendis le cliquetis caractéristique du combiné que l'on pose sur une table et un bruit de pas qui s'éloignaient. Quelques instants plus tard, je fus en ligne avec le professeur :
– Vous vouliez me parler ?
– Oui. C'est à propos d'une idée que j'ai eue. Je ne suis pas gendarme et serais bien inspiré de m'en tenir à la médecine légale mais...
– Pas du tout, professeur ! Toutes les idées sont les bienvenues.
– Quand j'ai autopsié le deuxième corps, celui de Georges Baron, le capitaine Orion m'a expliqué que la date et le lieu correspondaient, mais pas la cible. C'est bien cela ?
– Oui. A cette date-là, la bête du Gévaudan avait attaqué une fillette.
– Voyez-vous, je me dis que si le meurtrier met une telle méticulosité à monter sa mise en scène, il aurait dû tout faire correspondre, non ?
– Euh, oui, mais...
– Alors j'en ai déduit plusieurs petites choses. Primo, il n'y a pas d'enfants sur sa liste macabre, ce dont je me réjouis, d'ailleurs. Deuxièmement, il ne frappe pas au hasard. Il lui aurait été facile de trouver un gosse pour le massacrer ; beaucoup plus facile que de convaincre un adulte à le suivre. Troisièmement, il est pressé, sinon il aurait attendu une autre date pour que son pastiche soit le plus proche possible de l'histoire de la bête.
– Vous avez certainement raison, professeur. Merci pour ces précieuses indications. On manque tellement de pistes que le moindre élément est capital.
– Bon courage, en tout cas. C'est une sale affaire.
– Doux euphémisme, professeur. A bientôt.

En raccrochant, j'eus la désagréable impression d'être insensible à ce que je venais d'entendre. En réalité, j'étais trop accablé pour avoir une quelconque réaction. Il en va probablement ainsi de l'horreur qui, après vous avoir fouetté les sangs durant plusieurs semaines, vous laisse sans forces, épuisé, abîmé. N'ayant pas coutume de dériver en une telle déprime, je décidai de m'ébrouer et de sortir faire quelques pas en ville.

Je ne puis dire si le destin est un concept stérile ou une réalité qui guide notre devenir à chaque carrefour de la vie. Lorsqu'il m'avait été donné d'évoquer ce débat avec mes contemporains, j'avais rapidement ressenti l'inutilité des mots et l'étroitesse de l'expérience humaine en la matière.

Admettons que le destin se mit à balayer le sol devant mes pas ce jour-là. En remontant le boulevard Bourrillon, je croisai l'inspectrice d'Académie, Annie "quelque chose". Des pensées fugitives traversèrent mon esprit. Ce fut, dans l'ordre :

1 - Va-t-elle me reconnaître ?
2 - Je n'aurais pas dû sortir en tenue, ça fait trop strict. Elle va être intimidée, c'est malin ...
3 - Puis-je l'inviter à boire un café ?
4 - Heureusement qu'Orion ne m'accompagne pas.
5 - Où diable y a-t-il un café dans les parages ?
6 - Je dois éviter le ton protocolaire, sinon je n'arriverai à rien.
7 - Arriver à quoi, d'abord ?
8 - Oh, et puis zut, on verra bien.

Le tout m'avait pris environ un dixième de seconde et je serrais déjà la main d'Annie dans la mienne. Elle m'adressa un sourire espiègle :
– Colonel ! Comment allez-vous ? Doit-on dire colonel ou mon colonel, quand on est une femme ?
– Les ignorants pensent que "mon" est un adjectif possessif et qu'une femme, n'ayant pas fait l'armée, ne peut se trouver sous les ordres d'un militaire et doit dire colonel.
– Et les "cultivés", qu'en disent-ils ?
– Que "mon" est l'abréviation du mot "monsieur" et qu'il peut donc être employé par les hommes comme par les femmes. Cela dit, je m'appelle Ronan...

Il y eut un silence infime, durant lequel je me tançai secrètement. Etais-je allé trop loin en lui donnant mon prénom ?

– Alors, bonjour Ronan ! Moi, c'est Annie. Annie Boutan. Je ne vous demande pas si vous avez beaucoup de travail. Je lis les journaux, comme tout le monde. C'est affreux, cette histoire.
– Oui. Epuisant, aussi. Je m'apprêtais à dénicher un endroit pour boire un café. Vous voulez m'accompagner ?
– Désolée, mais je...

J'eus la désagréable sensation que la tour de Pise avait choisi cet instant précis pour s'écrouler dans ma poitrine. J'affichai un sourire de commande et l'interrompis :

– Ce sera pour une autre fois...
– C'est-à-dire que j'ai rendez-vous dans un collège, au bout de la rue et je suis déjà en retard. Mais j'aurais plaisir à vous rencontrer un peu plus tard. Dans la soirée, par exemple ou un autre jour.

Des ouvriers s'activaient dans mon ventre pour reconstruire en toute hâte la tour de Pise. Ils se passaient les pierres à la volée.

– Euh, puis-je vous inviter à boire l'apéritif ?
– Pourquoi pas ? Quelle heure disons-nous ?
– Dix-neuf heures devant la cathédrale, ça vous irait ?
– Ce sera parfait. Alors, à tout à l'heure.

Je renonçai à me promener en centre ville et me dirigeai vers la caserne à grands pas. Je n'avais que deux heures pour me laver, me changer et m'habiller en civil. En montant les escaliers, je me surpris à siffloter une chanson de mes quinze ans. Orion aussi me surprit au détour d'un couloir. Etonné de me voir si gai, il me demanda s'il y avait du nouveau. Je lui répondis – sans trop rougir – qu'il n'y avait strictement rien de neuf au regard de l'enquête. Il s'éloigna, pensif.

Je me ruai dans la salle de bains où je passai pas moins d'une heure en ablutions diverses. J'avais malgré tout suffisamment de recul pour sourire de moi. Je me comportais comme un collégien se bichonnant pour son premier rendez-vous. A ma décharge, je n'avais pas vécu une telle situation depuis sept ans. Je ne cessais de me regarder dans la glace en tentant d'imaginer – épreuve illusoire – comment l'autre, le non-moi, pouvait me percevoir. Inutile de préciser que l'autre… n'était autre qu'elle.

En quittant la caserne, j'évitai de passer devant la salle de commandement, persuadé qu'à ma seule vue, mes hommes auraient compris l'ivresse qui m'habitait. En marchant vers le centre ville, je m'étonnai d'ailleurs de l'intensité de cette griserie.

J'arrivai au rendez-vous avec dix minutes d'avance, ne voulant pas faire attendre madame l'inspectrice d'Académie sur les marches de la cathédrale. Elle me rejoignit peu après, et nous nous dirigeâmes vers un bar qui – je l'avais sournoisement choisi pour cela – était également un restaurant. Quand nous pénétrâmes à l'intérieur, il ne me fut guère difficile d'inciter Annie à accepter un repas plutôt qu'un simple apéritif.

Au cours de la conversation, j'appris deux choses éminemment intéressantes : elle était célibataire et avait décidé de me tutoyer. Notre discussion tourna essentiellement autour du meurtrier fou. J'aurais, certes, préféré qu'Annie me parle un peu d'elle, mais j'étais également curieux de connaître la vision qu'elle se faisait du cinglé. Je commis même une petite entorse au secret de l'enquête en lui parlant de l'améthyste, après m'être assuré qu'elle n'en dirait mot à personne. Son analyse me laissa sans voix et me confirma – s'il en était encore besoin – qu'elle était d'une rare intelligence :
– A mon avis, Ronan, il s'est passé quelque chose récemment qui a réveillé un vieux démon chez ce type.
– Quoi, par exemple ?
– Il a dû découvrir quelque chose qui a chamboulé sa vie. Peut-être l'explication d'un événement ancien, je ne sais pas.
– C'est drôle que tu dises cela. Un psychiatre m'a tenu à peu près le même discours, dernièrement. Il faudrait connaître l'événement qui a tout déclenché.
– Pas forcément. Il s'agit vraisemblablement d'un événement tellement anodin qu'il n'est pas identifiable par un autre que lui.
– Alors, on est coincés.
– Peut-être pas. L'événement ancien, lui, est sûrement plus repérable. Il a pu marquer les esprits d'une partie de la population.

– Tu veux dire une mort suspecte, par exemple ?
– Oui. Ou un meurtre camouflé en suicide, en accident.
– Mais où chercher ?
– Il faut commencer par donner un âge à ton assassin.
– Ce n'est pas *mon* assassin.
– C'est une manière de parler. Ne prenez pas la mouche !

Zut ! Voilà qu'elle recommençait à me vouvoyer. Je fis comme si je n'avais pas entendu et poursuivis :
– Lui donner un âge, dis-tu ?
– Oui. Tu sais déjà qu'il est robuste. Suffisamment robuste pour déplacer des corps. C'est très lourd, un corps inerte. Il porte – du moins il portait – un bijou qui ne se fait plus depuis trente ans. Donc, il est dans la force de l'âge, mais pas tout jeune. Je dirais entre quarante-cinq et cinquante-cinq ans. C'est d'autant plus plausible que deux de ses victimes avaient respectivement cinquante et cinquante-deux ans. On peut même affiner : il a entre quarante-huit et cinquante-cinq ans.
– Quel esprit de déduction, Annie ! Je le voyais, moi aussi, dans ces âges-là.
– Tu as son âge approximatif, tu sais qu'il a un certain niveau intellectuel et qu'il circule en Mercedes, ou un véhicule de même gamme. Il est probable qu'il habite à Mende. Ce n'est déjà pas si mal !

En raccompagnant Annie jusqu'à sa porte, j'eus le sentiment que l'enquête repartait. En réalité, le seul élément nouveau de la soirée était la confiance en moi qu'Annie m'avait miraculeusement insufflée. Elle accepta de me donner son numéro de téléphone personnel que je glissai amoureusement dans la poche intérieure de ma veste.

chapitre 12

Après une semaine d'hospitalisation, Paul Rascot se portait mieux et les médecins de l'hôpital psychiatrique de Montpellier acceptèrent que je vienne lui rendre visite. Je pris donc la route, accompagné du chef Marquet et de son indispensable ordinateur portable, afin de recueillir la déposition du mari de la victime.

Paul Rascot avait été installé dans une chambre spacieuse et ensoleillée du deuxième étage de l'hôpital. Quand nous entrâmes dans la pièce, précédés d'une infirmière, Paul Rascot était allongé tout habillé sur son lit. Il leva sur nous un regard de supplicié.

C'était un homme bien enveloppé, de grande taille, portant des moustaches à la Dali. L'infirmière nous présenta, nous invita à nous asseoir et sortit. Le chef Marquet dénicha une prise de courant pour brancher son matériel, approcha une chaise et installa l'ordinateur sur ses cuisses. Paul Rascot ne le quittait pas des yeux. De toute évidence, il était sous calmants à haute dose et son cerveau fonctionnait au ralenti. Je pris la parole et vis ses yeux humides se déplacer lentement vers moi :

– Nous savons la difficile épreuve que vous subissez, monsieur Rascot. Nous avons attendu que vous alliez mieux pour vous rencontrer. Votre déposition peut faire avancer l'enquête, vous comprenez ?
– Votre enquête ?

– Oui. L'enquête sur la mort de votre femme et… des autres victimes.
– Quelles autres ?

Je réalisai alors que Paul Rascot n'avait pas connaissance des deux autres meurtres. Il était en effet peu probable que les journaux de Floride en aient rendu compte. Quant aux médias parisiens, il ne s'étaient intéressés à ces assassinats que tardivement. D'ailleurs, le restaurateur ne lisait peut-être pas les journaux. Ce constat me mettait dans une situation pénible. J'avais en face de moi un homme détruit et je devais lui expliquer l'inconcevable parcours sanglant de l'assassin. Je m'éclaircis la voix et me jetai à l'eau :

– Votre femme est la troisième victime d'un même meurtrier, monsieur Rascot. Un assassin fou a décidé d'éliminer certaines personnes – pour une raison qui nous échappe – à la manière de… la bête du Gévaudan.
– Que dites-vous ?
– Je dis que l'assassin, après avoir tué ses victimes, leur inflige des morsures et emmène les corps aux endroits où la bête du Gévaudan a frappé, au XVIIIe siècle. Aux mêmes endroits et aux mêmes dates.
– Et Odile…
– Oui, votre femme aussi.

Je n'avais nul besoin de lui parler des décapitations opérées sur les deux autres victimes. Paul Rascot ne l'aurait vraisemblablement pas supporté.
– Je vais devoir vous poser la question habituelle, monsieur Rascot : votre femme avait-elle des ennemis, des personnes susceptibles de lui en vouloir ?
– Mais, pas du tout. Elle était adorable avec tout le monde. Je dirais même qu'elle l'était à l'excès. Certains en profitaient.
– Qui, par exemple ?
– Oh, plusieurs personnes qui ne cessaient de lui demander des services qu'elle était incapable de refuser. Cela allait de la garde d'un enfant à l'arrosage des plantes durant l'été jusqu'à des prêts d'argent.
– De grosses sommes ?
– Non. D'ailleurs, les comptes étaient à jour. A la fin de l'année dernière, les divers emprunteurs avaient tous remboursé leur dette.

– Vous avez connu votre femme en Lozère, je crois ?
– Oui. Elle était serveuse dans un restaurant où j'étais moi-même cuistot, à l'époque. Quand la journée était terminée, on se retrouvait tous deux dans les cuisines et on grignotait en parlant de tout et de rien. C'est comme ça que c'est venu. Un jour, elle a été clouée au lit durant une semaine, à cause d'un lumbago. Les journées m'ont paru interminables. C'est là que j'ai compris que j'étais fou amoureux d'elle. Quand elle a repris son service, je lui ai avoué ma flamme, comme on dit. On s'est mariés six mois plus tard et depuis, on ne s'est jamais quittés… Enfin si, maintenant on s'est quittés.

Des larmes se mirent à couler sur ses joues. Un gémissement ininterrompu, à peine perceptible, s'échappait de sa gorge. On aurait dit une complainte ou une étrange incantation. Je repris immédiatement la parole :

– Saviez-vous qu'elle était venue en Lozère ?
– Non. Je l'ai appelée le lundi soir. Elle ne m'a rien dit.
– Nous avons des raisons de penser que le meurtrier lui a téléphoné le mardi matin, vers neuf heures. Nous ignorons ce qu'il lui a dit mais elle a pris le premier train pour Clermont-Ferrand. Voyez-vous quelqu'un qui aurait pu lui téléphoner et la faire venir sur-le-champ ?
– A Mende ?
– Oui.
– Non. Personne. Nous n'étions pas revenus en Lozère depuis plus de dix ans. Nous ne fermions le restaurant qu'un mois par an, au mois de janvier. En général, nous partions au bout du monde, pour changer complètement de cadre. C'était la première fois que je partais seul. Mon Dieu, si j'avais su. Je devais rencontrer de futurs partenaires commerciaux, à Miami. Un tour operator voulait intégrer mon restaurant dans ses circuits de visite de la capitale. Odile a préféré m'attendre à Paris. On devait s'envoler à la fin de la semaine pour le Tibet.
– Connaissiez-vous une certaine Geneviève Granier, monsieur Rascot ?
– Non. J'ai connu un Granier, dans le temps. On était en classe ensemble, au collège Bourrillon. Il s'appelait Pierre.
– Pierre Granier ? Vous êtes sûr ?
– Certain.

– J'en déduis qu'il doit avoir sensiblement votre âge ? Quel âge avez-vous ?
– Cinquante ans. Cinquante et un le mois prochain.
– Alors, je crois qu'il s'agit du fils de Geneviève Granier.
– C'est une des victimes ?
– Geneviève Granier ? Oui. En quelle classe étiez-vous avec Pierre Granier ?
– En sixième. En cinquième aussi, je crois. Vous savez, ça ne date pas d'hier.
– Et Georges Baron, ça vous dit quelque chose ?
– Non. Rien du tout.
– Alors, Carole Baron ?
– Non plus.

Je sus pourtant, à cet instant-là, que j'avais attrapé un fil. Je me sentais comme un chien affamé auquel on tente d'arracher un os à peine déterré. En fait, j'avais compris sans comprendre. Plus exactement, mon inconscient avait détecté ce que mon conscient ne réalisait pas encore :
– Monsieur Rascot, aviez-vous une camarade de classe qui se prénommait Carole ?
– Quand ça ?
– A la même époque où vous étiez en classe avec Pierre Granier.
– Carole ? Attendez ...Carole ... Oui. Il y avait une Carole. Comment s'appelait-elle donc ? Aubret ! Carole Aubret !
– Puis-je utiliser votre téléphone, monsieur Rascot ?
– Oui. Bien sûr. Qu'y a-t-il ?
– Je ne sais pas encore.

Le capitaine Orion décrocha à la première sonnerie :
– Orion, je crois qu'on tient du sérieux. Il me faut le nom de jeune fille de Carole Baron. Vous devez l'avoir noté dans son audition.
– Certainement. Je vais voir. Ne quittez pas.

J'entendis un bruit de feuille. Le capitaine Orion consultait la procédure :

– Ça y est. Carole Baron née Aubret. Ça s'écrit : A.U.B.R.E.T. Ça vous fait avancer ?
– Et comment ! Merci, Orion. Je vous expliquerai à mon retour.

Je raccrochai et me tournai, le cœur battant, vers l'homme allongé sur le lit :

– Le nom de jeune fille de Carole Baron est effectivement Aubret. Elle était donc également en classe avec vous. En quelle classe, Monsieur Rascot ?
– Carole ? Juste en sixième. Après, elle a dû quitter le collège. Je ne sais plus.
– Donc, en sixième, vous étiez en classe avec Pierre Granier et Carole Baron. C'est bien ça ?
– Oui. Mais il n'y a là rien d'extraordinaire. Mende est une petite ville. On finit toujours par se croiser dans telle ou telle structure. Si ce n'est pas le collège, c'est le lycée, ou, plus tard, le milieu professionnel.
– Les avez-vous revus depuis ?
– Pas que je me souvienne. Peut-être au bal du 14 juillet, ou dans une fête quelconque. Ce n'est pas impossible.
– Monsieur Rascot, réfléchissez bien avant de répondre : y a-t-il eu, au cours de cette année de sixième, un événement particulier ?
– Non.
– Réfléchissez bien.
– Dans l'enceinte du collège, vous voulez dire ?
– Oui. Ou à l'extérieur. Un événement inhabituel, insolite, qui aurait concerné Pierre Granier, Carole Baron et vous ?
– Non. Nous n'étions même pas particulièrement liés, tous les trois. Carole était toujours fourrée avec une autre fille, une Sylvie, je crois. Pierre avait plusieurs camarades, mais je n'en étais pas. Moi, j'avais un bon copain, Bertrand. Bref, on était dans la même classe, mais sans plus. On ne se voyait jamais en dehors. Ce n'est pas en naviguant dans le passé que vous allez mettre la main sur le meurtrier de ma femme. Vous perdez votre temps.

Je me redressai sans répondre et le chef Marquet rangea son matériel. Sur le chemin du retour, il ne fut question que du lien que nous avions trouvé. Marquet me regardait avec admiration et m'assura que j'avais trouvé la ligne manquante de notre funeste tableau. Mais qu'y inscrire ? Fils et époux des victimes ? Pour en faire quoi ?

De retour à la caserne, je demandai à Orion de convoquer d'urgence Pierre Granier et Carole Baron.

Pierre Granier arriva une heure plus tard. Il fut très étonné de la teneur de mes questions :

– Vous étiez bien avec Paul Rascot et Carole Aubret, en classe de sixième ?
– Euh, oui. Pourquoi ?
– En quelle année était-ce ?
– Ben, il suffit de faire le calcul. C'était l'année... 1957-1958. Mais je ne vois vraiment pas ...
– S'est-il passé quelque chose de particulier, cette année-là ?
– De particulier ?
– Oui. De peu commun.
– Avec Carole et Paul ?
– Par exemple.
– Ben, non. On n'était pas vraiment copains, tous les trois.
– Y avait-il de l'inimitié entre vous ?
– De la quoi ?
– Je veux dire : étiez-vous en froid ?
– Non. Pas particulièrement. Mais je m'étais fait d'autres copains, dans la classe. Paul et Carole, je les voyais juste en cours. Même à la récré, on ne faisait pas partie des mêmes groupes.
– Alors, il ne s'est rien passé de spécial, cette année-là ?
– Ben, non. Je peux savoir pourquoi vous vous intéressez à mon année de sixième ?
– Nous enquêtons dans toutes les directions possibles, monsieur Granier.
– Mais Paul et Carole ne sont pas morts, eux. Si vous vous occupiez de mettre la main sur le salaud qui a martyrisé ma mère, hein ???

J'abandonnai Pierre Granier à ses invectives – que j'estimais assez légitimes – et m'apprêtai à recevoir Carole Baron. Elle arriva en fin d'après-midi et confirma avoir été en classe avec Pierre Granier et Paul Rascot. Je poursuivis en lui posant la même question qu'à ses anciens camarades de classe :
– Avez-vous souvenir, madame Baron, d'un événement particulier, au cours de cette année scolaire ?

Orion, assis dans un coin de la pièce, fixait sur moi un regard désolé. On aurait dit que je lui faisais de la peine à m'entêter sur une piste insignifiante et sa compassion m'était parfaitement désagréable. Carole Baron, à la différence des deux autres témoins, se donna le temps de la

réflexion. A l'issue d'une minute de silence, qui me parut un siècle, elle reprit la parole :
– Il y a eu l'accident. Oui, c'était cette année-là, j'en suis sûre.
– L'accident ?
– Nous faisions une sortie dans les gorges du Tarn, du côté de Sainte-Enimie. Il y avait toute la classe.
– Quand était-ce ?
– En hiver. Je me souviens qu'il y avait de la neige, là-haut. En janvier ou février, je dirais. Je ne sais plus son nom, mais il se prénommait Sylvain.
– Et qu'est-il arrivé à… Sylvain ?
– Il est tombé du haut de la falaise et s'est écrasé trente mètres plus bas. C'était horrible.
– Attendez. Racontez-moi, en détail, comment les choses se sont passées.
– Il n'y a rien de spécial à rajouter. Il courait, il a glissé et il est tombé. On nous a tous fait remonter dans le car, pour nous soustraire à la scène. On a attendu dans le car l'arrivée des secours et puis on nous a reconduits à Mende. Aucun de nous n'a vu le corps quand il a été remonté. Il était encore vivant, paraît-il. Il est mort le lendemain, à l'hôpital d'Alès, je crois.
– Qui a assisté à l'accident ?
– Tout le monde.
– C'est-à-dire ?
– Plusieurs enfants du collège, et ceux qui encadraient la sortie : le directeur et notre professeur de math.
– Donc vous avez, tous, assisté à la chute ?
– Oui. Je viens de vous le dire.
– C'était bien un accident ?
– Mais oui ! Personne ne l'a poussé, si c'est ça que vous insinuez !
– Je n'insinue rien, madame Baron, j'essaie de comprendre.
– De comprendre quoi ?
– Il me faut vérifier si quelqu'un était susceptible de vous en vouloir, depuis.
– M'en vouloir ?
– En vouloir à trois gamins de la classe âgés de dix ans : Pierre, Paul et Carole.
– Alors, vous imaginez qu'on a poussé Sylvain, et qu'un

vengeur masqué s'en prend à nous quarante ans plus tard ? C'est tout bonnement ridicule. En plus, on est bien vivants, nous trois.
– Vous souvenez-vous du nom du directeur du collège et du professeur qui l'accompagnait ?
– Le directeur, c'était monsieur Coulon. Le professeur de math, c'était Gabriel Touret.
– Vivent-ils toujours en Lozère ?
– Aucune idée. Ils ont au moins soixante-dix ans aujourd'hui, si ce n'est quatre-vingts. Ils sont peut-être morts.

Quand Carole Baron se leva pour partir, je perçus qu'elle était furieuse. D'ailleurs, elle fit claquer la porte sur ses talons. Je ne pouvais guère la blâmer. De son point de vue, l'enquête n'avançait pas et le meurtrier de son mari était toujours dans la nature. Pour ma part, je sentais l'étau se resserrer inéluctablement autour de l'assassin sans visage.

J'inclinais à attendre de conforter cette nouvelle piste avant d'en référer au juge d'instruction. Il me fallait être certain que nous tenions un filon tangible. J'eus envie de téléphoner à Annie pour lui dire que je croyais avoir découvert le fameux "événement passé", mais j'étais lié par le secret professionnel. Je me rabattis donc sur Orion, que j'emmenai dans mon bureau pour faire le point. Il avait définitivement renoncé à s'apitoyer sur mon idée :

– Alors, Orion, que pensez-vous de tout cela ?
– C'est possible qu'il y ait un lien avec l'accident du petit Sylvain. Mais s'il avait été poussé, tout le monde l'aurait vu.
– Ce n'est pas certain. Nous n'avons que la version de Carole Baron. Il faudrait recueillir celle de Pierre Granier et de Paul Rascot.
– Vous voulez retourner à l'hôpital psychiatrique de Montpellier ?
– Non. Un coup de téléphone suffira. Je vais m'en occuper. Vous faites de même avec Pierre Granier ?
– Tout de suite, mon colonel.

Nous nous retrouvâmes un quart d'heure plus tard et mîmes en commun le résultat de nos appels. Pierre Granier et Paul Rascot s'étaient tous deux souvenus de la chute de Sylvain. Ils avaient confirmé qu'il s'était agi d'un malheureux accident et que la scène avait eu plusieurs témoins.

Je pris contact avec le collège Bourrillon afin de connaître les coordonnées du directeur de l'époque. Raymond Coulon avait pris sa retraite et quitté la Lozère vingt ans plus tôt. Il s'était installé à Alès.

Nous étions le 21 janvier et la température avait à nouveau chuté sur l'ensemble du Massif Central. La route qui m'emmena vers Alès était verglacée à divers endroits. Il me fallut plus de trois heures pour parvenir à destination.

Une vieille femme répondit à mon coup de sonnette. Il me fut impossible de lui donner un âge, tant sa peau était ridée. Elle me dévisagea des pieds à la tête, s'arrêta un instant sur les galons, à hauteur de mon épaule puis accepta d'ouvrir la porte en grand :

– Veuillez excuser le dérangement, madame. Je voudrais parler à monsieur Raymond Coulon.
– Mon pauvre, pour lui parler, il vous faudrait aller au cimetière. Mon mari nous a quittés il y a cinq ans.

Ma déception dut se lire sur mon visage. La vieille dame reprit, compréhensive :

– Pourquoi vouliez-vous le voir ? Etait-ce si important ?
– J'aurais souhaité lui parler d'un accident qui a eu lieu alors qu'il était directeur du collège Bourrillon à Mende, en 1958.
– Vous voulez parler de la mort du petit Sylvain ? Ah, si ça l'a choqué cette histoire. Ça l'a même travaillé pendant des années.
– Puis-je entrer un instant, madame ?

chapitre 13

L'aménagement intérieur de l'appartement où vivait madame Coulon était une caricature de sa génération, jusqu'au napperon au crochet sur lequel elle posa une tasse en porcelaine pour me servir un délicieux thé à la rose :

– Oui, il en parlait souvent de ce terrible accident.
– Que disait-il ?
– Sylvain avait couru en direction de la falaise. Ils l'ont tous vu courir, bouche bée. Mais le temps qu'ils crient "attention", l'enfant avait déjà basculé dans le vide.
– Vous souvenez-vous de la date de l'accident ?
– Oh, vous en demandez beaucoup à ma pauvre mémoire. C'était au cours de l'hiver 1958, au mois de janvier ou février.
– Et son nom de famille ?
– Comment s'appelait-il donc ? Non. Je ne m'en souviens pas. Raymond disait toujours "le pauvre Sylvain". Désolée.
– Votre mari a vu la chute ?
– Oui, et c'était ça le plus moche, en réalité. Ils l'ont tous vu tomber sans pouvoir rien faire. Il y avait aussi Gabriel Touret, le professeur de mathématiques. Il ont tous été les témoins impuissants du drame, vous comprenez ? Je crois que c'est ça qui le travaillait, mon pauvre Raymond.
– Il n'a pas été inquiété par la justice, du fait qu'il faisait partie de l'encadrement ?
– Pas vraiment. Il a été entendu par les gendarmes, mais ça

s'est arrêté là. A l'époque, on ne mettait pas en examen les professeurs, les maires, les médecins, comme on le voit aujourd'hui. La notion même de *"manquement à une obligation de sécurité ou de prudence"* n'existait pas. Vous semblez étonné que j'emploie de telles formules juridiques ?
– En effet, oui.
– J'ai été maître-assistant à l'université de droit de Montpellier. A l'époque, j'étais la seule femme à avoir obtenu ce privilège. Ce n'était pas rien. Mais quand je me suis mariée, j'ai démissionné. Il me fallait suivre Raymond au gré de ses différentes mutations. J'ai dû faire un choix. Je ne le regrette d'ailleurs pas. Pour en revenir à l'accident, je suppose qu'aujourd'hui, on n'aurait pas seulement mis en examen mon mari et le professeur, mais également le maire de la commune et le responsable de la DDE, pour peu que les panneaux signalant le danger n'aient pas été apposés au bon endroit !
– Sylvain n'est pas mort sur le coup, m'a-t-on dit ?
– Non. Il a été transporté ici, à l'hôpital d'Alès. Il y est mort quelques heures plus tard.
– Et savez-vous où il a été enterré ?
– Au cimetière de Mende. Plus de cinq cents personnes suivaient le cortège. J'y étais aussi, d'ailleurs.
– Vous souvenez-vous de l'endroit approximatif où se trouve la tombe ?
– De mémoire, tout au fond à gauche du cimetière. Mais peut-être n'y est-elle plus. Si personne n'a pensé à renouveler la concession, la dépouille a pu rejoindre la fosse commune. La crise du logement sévit jusque dans la maison des morts, paraît-il.
– Que disait votre mari de Sylvain ?
– Ce qu'il en disait ?
– Oui. Comment le décrivait-il ?
– C'était un garçon très sage. Très réservé aussi. Je me souviens que Raymond l'appelait "le saturnien". Je crois qu'il était impressionné par le caractère de ce gamin.

Le mot *saturnien* éveilla en moins une vague réminiscence. L'adjectif avait été utilisé pour décrire le meurtrier. Qui donc avait employé ce mot ? Le psychiatre ? Oui, le docteur Lacase, lors de ma visite à Saint-Alban. Conscient de me laisser distraire, je repris le dialogue au vol :

– A votre avis, Gabriel Touret est-il toujours en vie ?
– Je crois que oui. Du moins, il l'était encore l'été dernier. Je l'ai rencontré aux puces, à Nîmes. C'est là qu'il habite. Il semblait se porter comme un charme malgré ses soixante-douze ans.
– Merci pour tout, madame Coulon.
– Tout le plaisir a été pour moi. Revenez quand vous voulez.

Nîmes n'était distante que d'une trentaine de kilomètres et je choisis de m'y rendre immédiatement, après avoir déjeuné dans une brasserie bordant la nationale.

Gabriel Touret demeurait dans un pavillon coquet, à la sortie de la ville. En stationnant devant sa maison, je constatai que tous les volets étaient fermés. Je frappai à la porte du voisin, tremblant qu'il ne m'annonce le décès de mon précieux témoin. Je fus soulagé d'apprendre que Gabriel Touret était parti chez sa fille, à Montpellier, et serait de retour le lendemain. Je laissai un mot dans sa boîte aux lettres lui demandant de me contacter d'urgence.

Profitant de la proximité de Montpellier, je décidai de faire un saut au siège du journal le Midi Libre, à Saint-Jean-de-Védas, espérant pouvoir consulter les archives. Mes galons m'ouvrirent toutes les portes et je n'eus pas besoin d'exhiber la commission rogatoire. On m'installa dans un réduit un peu poussiéreux, devant une table sur laquelle trônait une visionneuse. Un quart d'heure plus tard, un employé m'apporta le microfilm des journaux correspondant aux mois de décembre 1957, janvier, février et mars 1958. J'étais ainsi assuré de dénicher l'article relatant l'accident.

Je consultai rapidement les journaux du mois de décembre 1957 – que je ne m'étais fait apporter que par acquit de conscience – en faisant dérouler le film sur l'écran lumineux. Je commençai alors à passer en revue le mois de janvier 1958. Au fur et à mesure que je m'approchais de la fin du mois, ma consultation était plus méticuleuse. L'accident faisait l'objet d'un titre en première page, à la date du 1er février 1958 :
"Drame à Sainte-Enimie : un collégien tombe de la falaise au cours d'une excursion scolaire".

Le titre renvoyait à un article en page intérieure. Je déroulai fébrilement le microfilm jusqu'à la page 4. Sous le

même titre qui figurait à la une, le journaliste relatait l'accident :
"L'excursion des collégiens mendois a tourné au drame, hier, en fin d'après-midi, sur une falaise de Sainte-Enimie. Alors que les enfants s'apprêtaient à remonter dans le car pour retourner à Mende, l'un d'eux, Sylvain, âgé de 10 ans, a basculé dans le vide et a chuté trente mètres plus bas. Les secours ont été alertés immédiatement et l'enfant a pu être remonté rapidement. Il a été transporté au centre hospitalier d'Alès. D'après nos informations, il lutterait actuellement contre la mort et les médecins réservent leur pronostic. Le groupe de collégiens était pourtant bien encadré : un professeur et le directeur du collège étaient sur place. On ignore, pour l'instant, les circonstances exactes du drame".

J'étais un peu déçu. Cet article ne m'apprenait strictement rien. Je consultai le journal du lendemain, 2 février 1958, pensant y voir figurer l'annonce de la mort du petit Sylvain. Je ne me trompais pas. La nouvelle s'étalait en première page :
" Dernière minute : nous apprenons, avec consternation, la mort du jeune Sylvain, 10 ans, qui avait fait une chute vertigineuse, avant-hier, alors qu'il participait à une excursion scolaire à Sainte-Enimie. L'enfant est décédé quelques heures après son admission à l'hôpital d'Alès, des suites de ses blessures. Nous présentons nos plus sincères condoléances à la famille".

Je me hâtai de dérouler les pages jusqu'au 3 février. J'étais, en effet, persuadé que la presse avait annoncé la date de l'office religieux. La veuve Coulon ne m'avait-elle pas dit qu'il y avait foule à son enterrement ?

Effectivement, le Midi Libre indiquait la date et le lieu de la cérémonie, qui devait se tenir le 5 février, mais ne mentionnait toujours pas le nom de famille de la victime. Mon regard fut attiré par la photographie de Sylvain, que le journaliste était parvenu à se procurer. L'enfant était manifestement blond – même si la photographie était en noir et blanc – et avait les cheveux courts. Il adressait un sourire timide à l'objectif. Son visage était truffé de taches de rousseur. Bref, c'était un adorable gamin, comme ils le sont, pour la plupart, à cet âge-là. Alors que je scrutais le visage de Sylvain sous tous les angles, mon regard se glaça et mes mains se crispèrent sur le clavier de la visionneuse. J'approchai mon visage de l'écran, jusqu'à le toucher du nez. Sylvain portait un lacet de cuir autour du cou auquel pendait une améthyste en forme d'amande.

Avant que j'aie pu ordonner rationnellement mes pensées, l'absurde s'imposa, en conquérant, à mon esprit hébété : j'avais sous les yeux le visage du "saturnien à l'améthyste", le visage de l'assassin.

Le raisonnement logique ne surgit que plus tard, lors du trajet de retour en direction de Mende. J'avais posé, sur le siège avant, la copie que j'avais fait tirer de la photographie. Mon regard ne cessait de naviguer de la route – toujours verglacée – à la pierre pendue au cou de Sylvain. Je faillis, par deux fois, perdre le contrôle de mon véhicule dans un virage et finis par poser le tirage sur le siège arrière. Non, Sylvain n'était pas sorti de son cercueil pour assouvir une sombre vengeance.

En revanche, il n'était plus question de m'interroger sur la qualité de la piste que j'avais éventée et je me devais de rendre compte, sans délai, au juge d'instruction.

J'arrivai au tribunal en fin d'après-midi et frappai timidement à la porte de Claude Varot. J'étais dans un état d'excitation indescriptible. Un voyant lumineux afficha le mot "entrez" et je poussai la porte.

Le juge était penché sur un dossier volumineux, épais de cinquante bons centimètres, dont il tournait les pages en soupirant. Il leva les yeux vers moi et parut surpris :

– Désolé d'être venu sans prendre rendez-vous, monsieur le juge, mais c'est très important.
– Je vous en prie, asseyez-vous. J'en déduis que l'enquête a avancé ?
– Et comment !

Je lui relatai par le menu l'accident de Sylvain, le lien – un peu lointain, il est vrai – entre Pierre Granier, Carole Baron et Paul Rascot, ma visite à la veuve Coulon et, pour finir, la découverte de l'améthyste pendue au cou de Sylvain.

Sceptique au début de mon récit, Claude Varot manifesta un intérêt croissant, au point que lorsque je lui parlai de la photographie, il se leva, contourna son bureau et se pencha vivement vers mon document, la main posée sur le dossier de ma chaise. Enfin, il prit appui sur le rebord du bureau et exprima, à haute voix, la conclusion insensée à laquelle j'avais moi-même abouti :

– Le saturnien à l'améthyste, hein ? Vous pensez que Sylvain n'est pas mort ?

– Je ne sais plus quoi penser. L'enterrement a bien eu lieu. La veuve Coulon y a même assisté. La tombe de Sylvain doit se trouver au cimetière de Mende. Il faudrait vérifier, je pense.

– C'est certain. Pensez-vous avoir besoin d'une autorisation d'exhumation ?

– Vous croyez ...?

– Le cercueil est peut-être vide, non ?

– J'en doute. Il doit forcément y avoir une autre explication. Je ne crois pas aux revenants, monsieur le juge. Ni sous la forme d'une bête du XVIIIe siècle, ni sous les traits d'un enfant mort il y a quarante ans.

– Le parallèle que vous venez de faire est intéressant. Dans les deux cas, on fait revivre un protagoniste décédé depuis longtemps. Le tout est de savoir qui se cache derrière ce "on" ! Continuez dans cette voie, mon colonel, c'est du très bon boulot. Et si vous souhaitez procéder à une exhumation, faites-le moi savoir rapidement, que je puisse alerter la famille.

– Ah, oui, la famille...

– A-t-on le nom de Sylvain ?

– Non. Mais je suppose qu'il figure sur la pierre tombale.

– Tenez-moi au courant, hein ?

– Bien sûr, monsieur le juge.

Je réintégrai la caserne à la nuit tombée. S'il était, à la rigueur, envisageable de me faire ouvrir les portes du cimetière à cette heure-là, je n'y aurais vu goutte. Ma visite sur la tombe de Sylvain pouvait attendre le lendemain.

De retour dans mon appartement, j'enfilai un survêtement et m'apprêtais à me confectionner un sandwich, debout devant la table de la cuisine, lorsqu'on gratta à ma porte. Je fis entrer le capitaine Dufy et, fidèle à notre rite, je partis chercher la bouteille de cognac tout en lui faisant le compte-rendu détaillé de ma journée.

Dufy me contemplait comme si j'avais été un oiseau rare :
– Bon sang, vous êtes sacrément fort, mon colonel. Maintenant, je peux vous le dire : personne n'y croyait, à votre piste. J'en ai même entendu certains – je ne citerai pas de noms – qui se gaussaient carrément de vous. Ils vont s'en mordre les doigts, les crétins.
– Et vous, qu'en pensiez-vous de ma piste ?
– Je mentirais en disant que j'y croyais autant que vous. Mais j'avais au moins la prudence de rester dans l'expectative en attendant de voir où elle menait. Vous allez au cimetière demain matin ?
– A vrai dire, Dufy, je crois que je ne pourrai jamais attendre jusqu'à demain.
– Vous voulez qu'on y aille ? Maintenant ?
– Dois-je comprendre que vous venez avec moi ?
– Oui, mon colonel. Mais on entre comment ?
– Les murs sont-ils très hauts ?

Je vis le visage de Dufy pâlir légèrement. Je m'empressai d'ajouter :

– Vous pouvez encore changer d'avis et ne pas m'accompagner, Dufy. Vous comprenez, ce serait trop compliqué de se mettre en quête du gardien pour qu'il nous ouvre les portes du cimetière. Il est près de vingt-deux heures. D'ailleurs, je préfère procéder avec discrétion. La piste est fraîche, n'allons pas l'éventer de manière inconsidérée. Trouvez-moi simplement un escabeau et une torche. J'irai seul.
– Non. Je viens avec vous. Après tout, si on nous voit, on montrera nos insignes. On y va en tenue ?
– Non. Je reste en survêtement et vous seriez bien inspiré d'enfiler quelque chose de similaire. Mais d'accord pour les insignes. On les emporte et on les brandit au premier incident. Ça vous va ?
– Je serai prêt dans cinq minutes, mon colonel.

Je stationnai la voiture à cent mètres du cimetière et éteignis les phares bien avant l'arrêt du véhicule. Nous nous comportions en tous points comme les malfaiteurs d'un film de série B, et je me surpris à sourire. Dufy plaça l'escabeau contre le mur arrière du cimetière, qui ne mesurait pas plus de deux mètres. Dans la plus pure tradition des scénarios d'épouvante, la pleine lune illuminait les croix qui dépassaient du mur. Je grimpai le premier, m'assis à califourchon sur le mur et balayai le sol, sous mes pieds, de l'autre côté. Je me trouvais à l'aplomb d'une tombe et m'empressai de me déplacer latéralement avant de sauter sur la terre humide. Dufy comprit aussitôt la difficulté, déplaça légèrement l'escabeau et atterrit bientôt à mes côtés. Nous nous trouvions probablement à proximité de la tombe de Sylvain puisque nous avions franchi le mur du fond. Je braquai la torche sur ma droite et commençai à m'orienter le long de l'allée, Dufy sur mes talons. Il faut avoir progressé dans un cimetière par une nuit de pleine lune pour appréhender pleinement le sens du mot lugubre. Le bruit de nos pas sur le gravier était démesuré. Pour parfaire le décor, un grand oiseau – que je ne reconnus pas – traversa notre champ de vision en rase-mottes. Ma torche naviguait d'une stèle à l'autre, explorant les noms inscrits sur les pierres tombales. Nous passâmes devant un caveau de famille, puis croisâmes une nouvelle allée sur notre gauche. Je décidai de progresser droit devant moi, dans la même direction. Enfin, le faisceau de la lampe balaya une petite tombe, bien entretenue. Je dirigeai la torche vers la stèle et pus lire :

Sylvain Perrot

20 mars 1948 - 31 Janvier 1958

Sur une petite plaque de marbre posée à même la dalle étaient inscrits ces mots :

"Deux étions et n'avions qu'un cœur"

– Elle est connue, cette phrase, non ? *"Deux étions et n'avions qu'un cœur"*… J'ai déjà lu ça quelque part.
– Possible, mon colonel. Je n'ai pas une grande culture littéraire.
– Venez, ne nous attardons pas ici. On a le nom de Sylvain, maintenant. Sylvain Perrot.
– Après vous, mon colonel.

De retour dans mon salon, je saisis dans la bibliothèque un dictionnaire des citations et regardait au mot *"cœur"*. La phrase s'étalait sous mes yeux :
"Deux étions et n'avions qu'un cœur" était tirée de l'œuvre "Le Grand Testament" de François Villon.

chapitre 14

Gabriel Touret me téléphona le lendemain soir et me proposa de venir le rencontrer dès le matin suivant, ce que j'acceptai avec empressement. Je lui fis part des raisons de ma visite lors de ce premier contact, afin de lui laisser le temps de puiser dans ses souvenirs.

L'ancien professeur de mathématiques était un homme longiligne qui ne portait guère son âge : je ne lui aurais pas donné plus de soixante ans. Il me précéda dans un salon meublé avec goût. Un piano à queue occupait la moitié de la pièce :

– Vous en jouez ?

– Un peu. Mais mes pauvres mains ont désormais du mal à suivre le mouvement. Asseyez-vous, je vous en prie.

– Parlez-moi de l'accident survenu en 1958.

– Nous avions décidé d'emmener les enfants sur le causse, malgré la neige. La journée était splendide. Arrivés là-bas, les gamins se sont dispersés sur le plateau, par petits groupes. La plupart s'amusaient à s'envoyer des boules de neige en plein visage. Les années et les siècles passent, mais les bons vieux divertissements ont la vie dure. Moi, j'étais resté avec monsieur Coulon, adossé à un arbre, à proximité du ravin. Les enfants, eux, en étaient éloignés d'au moins cinquante mètres et cela nous rassurait. Nous étions là en garde-fou, en quelque sorte, au cas où l'un d'eux se serait approché trop près du bord de la falaise.

– Bien sûr...
– Nous étions là depuis deux heures environ et je m'apprêtais à sortir mon sifflet. C'était le moyen le plus efficace pour les regrouper devant le car et donner le signal du départ. Soudain, j'ai vu Sylvain sortir d'un bosquet et courir vers le ravin, à toute allure. Le temps que je réalise, il avait déjà basculé dans le vide. En fait, je n'ai rien compris. Monsieur Coulon non plus.
– Avait-il une raison de se suicider ? Vous y avez pensé ?
– Forcément, on a soulevé l'hypothèse, à l'époque, mais c'était peu probable. Sylvain était un enfant sans problèmes. Un peu réservé, c'est vrai, mais très équilibré, malgré tout.
– Ça a dû être terrible pour les parents ?
– En fait de parents, il n'avait que sa maman. C'était une fille-mère. Mais celui qui a le plus souffert de ce drame, c'est le petit René.
– Son frère, peut-être ?
– Oui. Plus exactement, son jumeau.
– Sylvain avait un jumeau ?
– Oui. Ils étaient d'ailleurs dans la même classe. Inséparables, qu'ils étaient, ces deux-là ! On avait bien essayé de les mettre dans des classes différentes, deux ans auparavant, mais le remède avait été pire que le mal. Quand ils étaient ensemble, ils étaient très studieux. Ils étaient invariablement les premiers de la classe et avaient même un an d'avance sur leurs camarades. Quand on les a séparés, leurs notes ont fait une chute vertigineuse. Ils passaient leur temps à regarder par la fenêtre et attendaient impatiemment la récréation pour se retrouver. Après trois mois d'une telle expérience, on a renoncé à bousculer leur union sacrée. C'était vraiment ça : une union sacrée. Même leur mère s'arrachait les cheveux, la pauvre. Consciente qu'ils devaient chacun avoir une identité propre, elle prenait garde à les habiller différemment. Mais eux faisaient tout pour se ressembler. Quand l'un avait un habit que l'autre n'avait pas, ils étaient capables de se procurer du tissu et de coudre durant des heures afin de confectionner un habit identique. La mère était vraiment dépassée par l'ampleur du problème. On sentait bien que l'amour – je devrais plutôt dire l'adoration – qu'ils se portaient avait un caractère dangereux, malsain, mais personne n'y pouvait rien. Après tout, ils ne faisaient

de mal à personne. Mais j'étais quand même inquiet pour l'avenir. Qu'allait-il se passer quand, plus tard, l'un d'eux tomberait amoureux d'une femme ? Comment aurait réagi l'autre ? Et puis, que diable, il aurait bien fallu qu'ils acceptent de couper cet étrange cordon ombilical à un moment ou à un autre.

– Comment René a-t-il accusé le coup, après l'accident ? A propos, a-t-il été témoin de la chute, lui aussi ?

– Oui, malheureusement. Il n'est plus venu au collège. J'ai appris deux semaines plus tard qu'il avait été hospitalisé à Clermont-Ferrand, dans un service de pédopsychiatrie. Après l'enterrement, la mère a quitté le département. Au cours des années qui ont suivi, elle est revenue au moins une fois par an, pour fleurir la tombe de Sylvain, au cimetière de Mende. La dernière fois que j'ai eu des nouvelles de la famille, c'était par monsieur Coulon, deux ans plus tard. Il m'a dit que René était toujours hospitalisé. Les médecins parlaient de schizophrénie évolutive. Pour moi, c'était du charabia. J'ai cru comprendre qu'il était parfois Sylvain, parfois René. Il vivait un dédoublement de la personnalité.

– Etait-il jugé dangereux ?

– Non. Pas que je sache. Vous savez, ce n'était qu'un gamin. Un gamin submergé par une trop grande souffrance.

– Savez-vous s'il a pu quitter l'hôpital, un jour ?

– Difficile à dire. Je n'ai plus jamais entendu parler de lui, ni de sa mère.

– Donc, en toute logique, la tombe de Sylvain devrait être à l'abandon ?

– C'est exact. Je suis passé devant, il y a une dizaine d'années, à l'occasion de l'enterrement d'un de mes oncles. Elle était envahie par les mauvaises herbes.

– C'est étrange. Je l'ai vue hier, cette tombe, et elle était plutôt bien entretenue.

– Vous êtes allé là-bas ? Pourquoi ? Dites-moi, vous ne seriez pas de la famille, par hasard ? Oui, je l'ai senti tout de suite. Vous n'êtes pas René, au moins ? Faites voir votre visage...

– Non. Je ne suis pas René et je ne suis pas de la famille. Cette affaire m'intéresse à titre professionnel.

– Ah, bon. Je suppose que vous ne m'en direz pas davantage ?

– Vous supposez bien. Dites-moi, quelle inscription figurait sur la stèle ?
– Rien de particulier. Sylvain Perrot, et puis sa date de naissance et la date de son décès. Ne me demandez pas les dates, je ne m'en souviens plus.
– Vous êtes certain qu'il n'y avait rien d'autre ? Par exemple, une plaque en marbre posée sur la dalle ?
– Non. Je suis formel. Il n'y avait rien d'autre, ni au jour de l'enterrement – auquel j'ai participé – ni voilà dix ans, quand je suis repassé devant.
– La phrase *"deux étions et n'avions qu'un cœur"*, vous dit-elle quelque chose ?
– Oui. C'est du Ronsard, non ?
– Du Villon.
– Ah, bon. Je ne m'étais pas trompé de beaucoup. Oui, je connais cette phrase.
– Monsieur Touret, réfléchissez bien : cette phrase figurait-elle sur la tombe de Sylvain ?
– Certainement pas. Je m'en serais souvenu, vous pensez !
– Merci pour tous ces renseignements, monsieur Touret. Ils m'ont été précieux. A un point que vous n'imaginez pas.
– Ça n'a rien à voir avec le fou furieux qui mord et décapite ses victimes, au moins ?
– Non, absolument rien à voir. Bonsoir et merci encore.

A mon retour, je réunis tous mes hommes en salle de commandement. Je leur livrai les nouveaux éléments en ma possession et conclus :

– Dans ces conditions, il me semble inutile d'exhumer la dépouille de Sylvain Perrot. Je suis persuadé qu'il est mort et bien mort. D'ailleurs, j'imagine mal une supercherie dont auraient été victimes quelque cinq cents personnes assistant à l'enterrement et jusqu'aux journaux eux-mêmes, sans parler du corps médical de l'hôpital d'Alès. Il sera toujours temps de penser à une exhumation si René Perrot est mort depuis longtemps ou s'il est toujours interné en psychiatrie. Il nous faut retrouver d'urgence le centre de pédopsychiatrie où il a été interné en 1958 et durant deux ans au moins. J'espère que l'établissement possède des archives. Autre chose : la plaque en marbre a été posée sur la tombe de Sylvain il y a moins de dix ans. Peut-être même a-t-elle été placée à cet endroit au cours des derniers mois. Je veux deux TIC pour effectuer des prélèvements d'empreintes sur la tombe et aux alentours. Il me faut également deux autres gars pour faire le tour des pompes funèbres de Mende et du département. Cette plaque, elle a bien dû être commandée quelque part. Voyez-vous autre chose que nous puissions faire ?

Orion se leva et m'apostropha sur un ton un peu sec :
– C'est quoi, votre hypothèse de travail, mon colonel ? Ça nous aiderait quand même à enquêter, si on savait ce que vous cherchez.

J'interprétai en un éclair les raisons de son animosité. Le capitaine Dufy avait dû lui relater notre conversation et notre visite nocturne au cimetière : Orion s'était offusqué de n'en avoir rien su. Je compris son amertume et me promis de réparer cette petite gaffe à la première occasion. En attendant, j'exposai mon "hypothèse de travail" comme il l'avait appelée :

– Les différents éléments en notre possession collent parfaitement avec l'analyse du psychiatre. Tout y est : l'événement traumatisant, la douleur ancienne et la fêlure qui fait plonger dans la folie.
– Alors, comment expliquez-vous le choix des victimes ?
– Pour l'instant, je ne l'explique pas. Mais elles sont mortes à cause de cet accident de 1958. J'en mettrais ma main au feu. En résumé, nous avons René Perrot, hospitalisé en psychiatrie à Clermont-Ferrand en 1958, qui plonge dans une schizophrénie évolutive. Est-ce à dire qu'elle peut évoluer en s'améliorant ou en empirant ? Mystère.
– Peut-être s'est-il échappé de l'hôpital en novembre dernier ?
– Vous oubliez un détail, Orion. Souvenez-vous de notre pronostic concernant son niveau intellectuel élevé. Il n'a pas dû passer toutes ces années au milieu des fous, à mon avis. D'ailleurs, le choix d'une citation de Villon – si c'est lui qui a fait faire la plaque – en dit long sur son niveau d'études.
– Alors, admettons qu'il passe plusieurs années à l'hôpital, guérit progressivement, reprend une vie normale et fait des études.
– Jusque-là, je vous suis.

– Vient-il s'installer en Lozère ?
– Quand ? Après ses études ? J'en doute. N'oubliez pas, Orion, que la tombe n'était plus entretenue depuis 1968, peut-être même avant. S'il avait une telle adoration pour son frère jumeau, il n'aurait pas laissé sa tombe à l'abandon.
– O.K. Alors, il s'installe ailleurs et mène une vie à peu près normale.
– Je le pense, en tout cas.
– Un jour, un événement chamboule ce fragile équilibre et il plonge à nouveau dans la folie. Mais cette fois, il s'agit d'une folie assassine.
– Oui. Reste à savoir quel événement. Et puis, il nous reste au moins deux énigmes : pourquoi le choix de ces trois victimes ? Il s'agit de proches des trois témoins du drame de 1958, c'est tout ce que nous en savons. Autre mystère : pourquoi l'analogie avec la bête du Gévaudan ? Autrement dit, nous ne sommes pas au bout de nos peines. Tant que nous n'aurons pas répondu à ces questions, ce cinglé continuera son carnage, j'en ai peur.

Je retournai directement à mon appartement, renonçai à manger – faute d'appétit – et me glissai dans mon lit. J'avais posé la photographie de Sylvain sur une table qui faisait face à mon lit. Elle tenait tout seule, posée contre le mur et Sylvain m'observait. J'eus une impression insolite que je ne parvins pas à décrypter aussitôt. Je me dégageai des draps, m'approchai de la photographie et la sensation étrange se dissipa. Je reculai alors vers mon lit et m'assis, sans quitter des yeux le visage de Sylvain. Le malaise était revenu. Je saisis soudain quelle en était la cause. Lorsque j'examinais le visage de Sylvain à faible distance, il n'était qu'un gamin blond qui souriait à l'objectif. Mais lorsque je m'en éloignais, j'avais l'inquiétante certitude d'avoir déjà rencontré ce regard. Cet incompréhensible sentiment de déjà vu n'était qu'une impression très confuse, comme une réminiscence à peine effleurée dans le puits de mon inconscient.

Je demeurai plus d'une heure, assis sur le lit, m'échinant à harponner, sans succès, le fil de ce "je ne sais quoi" qui me glissait entre les doigts. En réalité, plus je me concentrais sur la photographie, plus la réminiscence s'estompait. Je finis par éteindre la lumière, doutant de la fiabilité de mon impression fugitive.

Cette nuit-là, je fis un rêve déconcertant. Je me trouvais à Belfort, une ville que je connaissais pour y avoir passé un mois d'été lorsque j'étais étudiant, mais la scène se déroulait en plein hiver. Il faisait nuit et je montais en voiture jusqu'au sommet du ballon d'Alsace, en empruntant une route enneigée. Arrivé là-haut, je stoppais mon véhicule au milieu de la route. Une ombre se détachait alors d'un arbre et venait se planter dans la lumière de mes phares. L'homme se tenait debout et me fouillait de son regard vide, mort. Ses lèvres s'entrouvraient et sa voix métallique et monocorde – pareille à celle d'une machine diabolique – articulait : "ils ne sont que les objets. Pas les sujets". L'apparition était effrayante et je dévalais tout le ballon d'Alsace en marche arrière, glissant dans les tournants et manquant verser dans le ravin à chaque instant.

Je me réveillai en sueur et observai qu'il était déjà six heures et demie du matin. Je m'adossai à l'oreiller et attendis d'avoir complètement retrouvé mes esprits. L'homme de Belfort semblait encore me pourchasser de son regard de poisson mort. Avec le recul, je pense que si j'avais eu sous la main Sigmund Freud en personne, il aurait pu interpréter mon rêve et me livrer, sur un plateau d'argent, le nom de l'assassin.

Quand j'entrai dans mon bureau, les TIC étaient déjà partis au cimetière avec tout leur matériel de relevé de traces. Le regard de poisson mort avait fini par me laisser en paix, mais je me remémorai la phrase prononcée par ses lèvres glacées : *"ils ne sont que les objets, pas les sujets"*. De qui la sinistre apparition parlait-elle ? Ou plutôt, à quoi mon inconscient faisait-il allusion ?

J'écrivis la phrase sur un bout de papier, pour la garder en mémoire. J'allai à la ligne et je traçai, à tout hasard : *"deux étions et n'avions qu'un cœur"*.

Objets, sujets, deux, un cœur… Les mots dansaient la sarabande sous mes yeux encore ensommeillés… nous étions deux… nous ne le sommes plus puisque Sylvain est mort. Un seul cœur pour Sylvain et René. Soit. Ils s'aimaient à la folie, c'est le cas de le dire. Et puis après ? Admettons que la chute de Sylvain n'ait pas été accidentelle, malgré les apparences. René sort de l'hôpital en novembre et se venge, quarante ans après. Il a la rancune tenace, celui-là ! Absurde.

Que vient faire Geneviève Granier là-dedans ? Et les deux autres victimes ? Elles ne connaissaient pas Sylvain. Elles n'étaient pas présentes le jour du drame. Bon. Du calme. Reprends tout à zéro, mon petit Ronan. *Ils ne sont que les objets, pas les sujets.* Cette phrase, je ne l'ai pas inventée. L'inconscient n'invente jamais rien. Alors, d'où sort-elle ? L'ai-je lue quelque part ? Dans le livre consacré à la bête du Gévaudan ? Non. Quelqu'un l'a-t-il prononcée devant moi ? Voyons… Mais oui ! Ma conversation avec le psychiatre de Saint-Alban !

Mon cerveau émergea brusquement de sa léthargie et reconstruisit, de lui-même, le dialogue :

– Il a été dit, dans la presse, que la décapitation et les blessures avaient été infligées après la mort. Vous le confirmez, mon colonel ?

– Absolument.

– Alors, il y a un paradoxe. Cet homme – car je crois qu'il s'agit d'un homme – assouvit une vengeance ancienne, qui a macéré dans son esprit dérangé durant de longues années. La plus terrible des vengeances, en somme. Il mutile cruellement ses victimes mais il ne veut surtout pas les faire souffrir. Pourquoi ?

– Peut-être parce que la vision de la douleur lui est insupportable.

– Je ne crois pas. Il ne se gêne pas pour les tuer. Il n'a aucun respect pour leur corps. Ses victimes deviennent les objets de sa vengeance. Mais en sont-elles les sujets ? Vous me suivez ?…

Je me précipitai sur le téléphone et appelai le docteur Lacase. On me le passa immédiatement :

– Dites-moi, docteur, vous souvenez-vous m'avoir dit, à propos de l'assassin, que les victimes étaient les objets de sa vengeance, non les sujets ?

– Oui. Je me souviens avoir émis une analyse de ce genre, en effet.

– Qu'entendiez-vous par là, exactement ?

– Vous m'aviez dit qu'il tuait à la manière de la bête du Gévaudan pour faire peur. Or, ses victimes n'en sauront jamais rien puisqu'elles sont mortes, par définition. De plus, il les tue sans les faire souffrir. J'en déduis qu'il veut infliger une intense douleur à d'autres personnes. Ce qui l'intéresse, ce n'est pas l'acte de tuer en lui-même, mais ses répercussions. Enfin, ce n'est qu'une hypothèse, évidemment.

– Docteur, il y a eu un accident, en 1958. Un enfant de dix ans a couru sur la falaise et chuté dans le vide, à Sainte-Enimie. Il est mort, en s'écrasant trente mètres plus bas. Enfin, il est mort quelques heures plus tard, à l'hôpital. Il se trouve qu'il avait un jumeau qui a fort mal vécu cette séparation forcée, au point qu'il a dû être interné dans un service de pédopsychiatrie pendant au moins deux ans. Peut-être y est-il toujours.

– Est-on certain qu'il s'agissait d'un accident ?

– A priori, oui. L'enfant a couru à vive allure et a basculé au bord de la falaise devant un certain nombre de témoins, dont un professeur qui accompagnait la classe. Je l'ai d'ailleurs rencontré. Il est formel. Personne n'a poussé Sylvain.

– Et quel rapport avec les trois victimes ?

– Il se trouve qu'elles étaient toutes membres de la famille de trois gamins de la classe qui ont assisté à l'accident.

– C'est compliqué, votre histoire. Ah ! Je comprends pourquoi vous vous intéressez à la thèse objets/sujets. Les deux femmes et l'homme assassinés ne seraient que les objets innocents de la vengeance. Le jumeau serait en train de se venger sur la famille des témoins, c'est bien votre idée ?

– Oui. J'en suis de plus en plus convaincu.

– Votre scénario serait parfait si les trois témoins avaient poussé le gamin dans le vide. Mais vous me dites qu'il s'agit d'un accident. Et puis, pourquoi la vengeance aurait-elle attendu quarante ans pour éclater de manière aussi sanguinaire ?

– Je ne sais pas.

– Si vous voulez mon avis, vous devriez interroger plus avant les trois témoins du drame. Eventuellement contacter d'autres témoins, s'ils étaient plusieurs.

– Mais dans quel but ?

– A votre place, je ne focaliserais pas tant sur la chute elle-même que sur la course éperdue de votre gamin sur la falaise. Comment s'appelait-il, déjà ?

– Sylvain.

– Demandez-vous plutôt pourquoi Sylvain courait ainsi. Un enfant ne se jette pas dans le vide sans raison, mon colonel.

chapitre 15

Les TIC revinrent du cimetière à la mi-journée. Dès que je les vis entrer dans la salle de commandement, les épaules légèrement voûtées et le regard fuyant, je sus qu'ils n'avaient trouvé aucune trace exploitable. Ils me rendirent compte de leur mission, en m'apprenant que la plaque de marbre était dépourvue d'empreintes et que les traces relevées sur la stèle étaient trop fragmentaires et visiblement fort anciennes. Il m'assurèrent, en revanche, avoir pris toutes précautions afin de garantir la discrétion de leur intervention. Ils avaient tout simplement demandé au gardien du cimetière de fermer les portes durant près de deux heures et d'apposer un écriteau mentionnant des travaux en cours. Par chance, personne ne s'en était étonné.

L'enquête menée par mes hommes auprès des différentes pompes funèbres de la Lozère, en vue de découvrir l'origine de la plaque tombale, n'avait pas été plus fructueuse.

En milieu d'après-midi, le chef Marquet entra en courant dans mon bureau, dont la porte était ouverte :

– J'ai trouvé l'établissement psychiatrique, mon colonel ! Il m'a fallu passer une vingtaine de coups de fil. A chaque fois, on me répondait que...
– Venez-en au fait, Marquet !
– Voilà. René Perrot a été hospitalisé au centre de pédopsychiatrie Charcot, à Ambrières.
– Où est-ce ?

– A cinquante kilomètres de Clermont-Ferrand. Il a été admis le 13 février 1958 à midi. C'est précis, hein ?
– Deux semaines après l'accident de Sylvain. Voilà qui confirme le témoignage du professeur. Et puis ?
– C'est un certain docteur Laurent qui s'est occupé de lui durant cinq ans, mais il est parti à la retraite depuis un bon moment.
– René Perrot a donc été hospitalisé durant cinq ans ?
– Oui. Son hospitalisation a été levée en septembre 1963. C'est écrit sur leurs registres.
– De quoi souffrait-il ?
– L'infirmière que j'ai eue au téléphone n'a pas su me le dire. Sur le registre d'entrée, il n'y a rien de noté. Sur le registre de sortie, en revanche, il est mentionné que compte tenu de l'état du patient, il n'y a plus lieu à hospitalisation. Rien d'autre.
– Il était donc apparemment guéri. Trouvez-moi les coordonnées de ce docteur Laurent, Marquet.
– C'est fait, mon colonel. Et vous n'allez pas le croire, il est chez nous. Il habite à Florac !
– Voilà une bonne nouvelle. Vous l'avez contacté ?
– Oui. Il vous attend. Il ne bouge pas de chez lui. Voici l'adresse.
– Si vous n'existiez pas, Marquet, il faudrait vous inventer !

Le chef Marquet me gratifia d'un sourire en coin, cependant que la rougeur gagnait son front et son cou.

Je me précipitai au garage et lorsque je passai devant la fenêtre de mon bureau, je vis Marquet qui me suivait des yeux, le visage illuminé, comme touché par la baguette magique d'une fée.

Le docteur Laurent résidait en centre-ville, près de l'église et je n'eus aucun mal à trouver sa maison. A peine avais-je gravi les marches du perron que déjà, il ouvrait la porte. Il avait dû guetter ma venue depuis l'appel téléphonique du chef Marquet.

Le docteur Laurent était complètement chauve et se déplaçait à l'aide d'une canne. Son pantalon, trop large, faisait des plis et traînait au sol. Sa main tremblait légèrement sur le pommeau de sa canne alors qu'il me précédait dans le couloir. Il me proposa un café que j'eus la piètre idée d'accepter. Le docteur était de ceux qui confectionnent un litre de café à l'aube et réchauffent le liquide noirâtre à de multiples reprises au cours de la journée, jusqu'à épuisement du breuvage. J'avalai péniblement une gorgée de la mixture et reposai poliment la tasse sur la table basse, espérant pouvoir faire mine de l'oublier. Le docteur Laurent ne semblait pas pressé de connaître les raisons de ma visite. Je dus formuler deux fois ma question, réalisant que le docteur était dur d'oreille :

– Vous souvenez-vous de René Perrot ?
– René Perrot ?
– Il a passé cinq ans au centre d'Ambrières, docteur. Entre 1958 et 1963.
– Ah, oui. Le petit René. Oui, je m'en souviens très bien.
– Comment allait-il au moment de son hospitalisation ?
– Mal, évidemment. Sans enfreindre le secret professionnel, je peux vous dire que c'était un gamin très taciturne. Il nous avait été amené par sa mère, une charmante femme. René était en état de choc après la mort de son frère jumeau Sylvain. Il faut dire qu'il avait assisté à l'accident. C'était un accident de montagne, je crois.
– Il en parlait beaucoup, de son frère ?
– Au début, non. Il ne parlait de rien du tout. Quand on l'appelait par son nom, il répondait :"je ne suis pas René, je m'appelle Sylvain". Non, attendez. C'était plus compliqué que ça. Il disait : "je ne suis plus René. Maintenant, je suis Sylvain". Durant près d'un an, il n'a rien dit d'autre. Je continuais à l'appeler René. Il ne fallait surtout pas que j'alimente son mécanisme psychique de dépersonnalisation, vous comprenez ? Il m'est arrivé de vouloir jeter l'éponge et de l'appeler Sylvain, rien que pour le mettre dans de bonnes dispositions, mais je ne l'ai jamais fait, bien entendu.
– Etait-il… fou ?
– Ah, les grands mots qui ne veulent rien dire ! Il était profondément perturbé. Il était atteint de schizophrénie, en fait.
– De quoi s'agit-il, exactement ? Euh… en langage simple… si possible.
– La schizophrénie se manifeste d'abord par une rupture entre une vie intellectuelle brillante et une désorganisation des relations affectives. L'humeur du schizophrène est souvent dépressive et René n'échappait pas à la règle. Il était atteint d'une forme particulière de schizophrénie, la paraphrénie, caractérisée par des bizarreries de conduite, des hal-

lucinations, des idées délirantes. René entendait son frère. Lorsqu'il avait de ces hallucinations auditives, il était persuadé que je pouvais également les percevoir. Il me disait : "mais enfin, vous ne l'entendez pas ?". Parfois, il riait comme un bossu. Je lui demandais ce qui le rendait si gai ; il me rétorquait invariablement que son frère lui disait des bêtises à l'oreille. Souvent, la "voix" se moquait de moi, figurez-vous ! Alors, René me faisait part des plaisanteries de Sylvain à mon égard. J'en prenais bonne note, car ce n'étaient jamais que les moqueries de René lui-même à mon endroit, évidemment.
– Son état a dû s'arranger, puisqu'il a quitté le centre, cinq ans plus tard ?
– En effet. Dès la fin de la deuxième année, il a pu reprendre sa scolarité, quoique par intermittence. Plusieurs professeurs venaient donner des cours au centre, pour les patients capables de se concentrer. Nous avons tous été émerveillés de voir à quelle allure René rattrapait son retard scolaire. En moins de six mois, il avait retrouvé son niveau de classe de sixième. Deux ans plus tard, il passait brillamment le BEPC. Autrement dit, à quatorze ans, il suivait les cours de seconde. Quand ils nous a quittés, un an plus tard, il a intégré une classe de terminale C en banlieue parisienne. Je ne me souviens pas du nom de la ville.
– Il n'avait plus aucun trouble ?
– C'est beaucoup dire. Ses hallucinations se sont poursuivies tout au long de la période d'hospitalisation à Ambrières, mais elles étaient de plus en plus rares. A son arrivée au centre, il délirait quasiment toute la journée. Le trouble s'est estompé progressivement. Vers la fin, il entendait toujours la voix de Sylvain, mais l'incident ne se produisait plus qu'une fois par semaine et durant quelques minutes seulement. Il nous a semblé que ce "résidu délirant" ne justifiait plus son hospitalisation. Au demeurant, il avait retrouvé pleinement son identité, distincte de celle de Sylvain.
– Avez-vous eu de ses nouvelles ?
– Oui. Il m'a téléphoné un an plus tard. Il venait d'avoir les résultats du baccalauréat. Il l'avait eu avec mention "excellent". Je n'en attendais pas moins de lui. Il tenait à me remercier pour tout ce que j'avais fait pour lui. Je me rappelle lui avoir répondu que j'en aurais fait autant pour n'importe quel

gamin en détresse, a fortiori s'il présentait des capacités prometteuses comme les siennes. Il a éclaté de rire. Je lui ai demandé s'il avait encore "la voix". C'était une convention entre nous de l'appeler ainsi. Il m'a répondu que cela lui arrivait encore mais qu'il la faisait taire, sachant bien qu'elle n'était que le fruit de son imagination délirante. D'ailleurs, il poursuivait une psychothérapie. Ah, oui ! Il avait une autre raison d'être heureux. Il m'a dit que sa mère s'était mariée et que lui-même avait été reconnu par le mari, qui lui avait donné son nom.

Je perçus une boule d'angoisse impatiente se former dans mon estomac :

– Le nom ! Vous vous souvenez du nom qu'il vous a donné ?
– Il ne m'a pas dit de quel patronyme il s'agissait, désolé. Il m'a juste dit qu'il avait changé de nom et que cela lui donnait l'impression de commencer véritablement une nouvelle vie.

Le soupir déçu qui s'échappa de mes lèvres parut étonner mon interlocuteur. Je poursuivis malgré tout :
– Savez-vous ce qu'il est devenu ?
– Non. Ce jour-là, il m'a dit qu'il allait s'inscrire soit en fac de droit, soit en Math-Sup, soit encore en Médecine. C'est vous dire s'il était polyvalent. En fait, il n'avait pas encore fait son choix. Dites-moi, mon colonel, je n'ai pas été très curieux jusqu'à présent mais ... pourquoi vous intéresse-t-il tant ?

Je pris sur moi de lui révéler l'ensemble des éléments que j'avais réunis à l'encontre de René Perrot. Le docteur Laurent m'écouta attentivement. Parfois, au cours de mon exposé, il secouait la tête, en signe de dénégation ou, à l'inverse, d'assentiment. Finalement, je lui demandai si mon hypothèse lui paraissait concevable. Il réfléchit un long moment avant de reprendre la parole :

– Je ne vois pas ce qui aurait pu le faire basculer dans une telle folie meurtrière. Il aurait fallu quelque chose de très grave, en lien avec la mort de Sylvain. Et encore, je ne sais pas si cela aurait suffi. En tout cas, s'il est bien le meurtrier que vous recherchez, vous pouvez être certain que ce n'est pas lui qui agit mais son frère Sylvain.

– Comment cela ?
– Je veux dire, dans son psychisme. C'est la voix de Sylvain qui lui ordonne de commettre tous ces meurtres. La vengeance n'est pas la sienne, c'est celle de son jumeau. Il ne tue que parce qu'une voix lui ordonne de le faire. Il n'est même pas certain que, le lendemain du meurtre, il se souvienne de ce qu'il a fait.
– Là, je ne suis pas d'accord avec vous, docteur. Il se passe toujours plusieurs heures entre les meurtres et le transport des corps. Le dernier corps a été déposé en plein jour, le lendemain du meurtre.
– C'est vrai. Alors, croyez-moi : plus rien ne peut l'arrêter. Si c'est bien René Perrot, évidemment.
– Dites-moi, docteur, René portait-il une améthyste en pendentif ?
– Oui. Elle avait appartenu à son frère. Il ne s'en séparait jamais, même pas lorsqu'il passait sous la douche. Pourquoi ?
– On a retrouvé l'améthyste sur les lieux d'un des crimes, docteur.
– Bon sang ! Alors, c'est lui, j'en ai peur. Il ne se serait jamais séparé de cet objet. A l'heure actuelle, il doit chercher cette pierre partout.
– Comment pouvons-nous l'arrêter ?
– L'arrêter ?
– Oui. Vous qui le connaissez bien, à quel type de discours croyez-vous qu'il puisse être réceptif ?
– A aucun. Il ne s'arrêtera que lorsqu'il aura accompli la volonté de Sylvain. Enfin, ce qu'il croit être la volonté de Sylvain.
– Ne pourrions-nous pas lui parler ? Au besoin à travers la presse ?
– Pour lui dire quoi ? Il n'est plus accessible à aucune réflexion. D'ailleurs, je doute qu'il lise les journaux. Quand bien même il les lirait, il ne ferait pas forcément le lien entre ses propres agissements et l'article qu'il a sous les yeux. Il vaudrait peut-être mieux vous concentrer sur la prochaine victime pour la protéger.
– La prochaine victime ?
– Ne pensez-vous pas qu'il va récidiver ?
– Si, bien sûr.
– Alors, puisque vous ne trouvez pas le meurtrier, cherchez la victime !

Le conseil était tellement évident que j'en demeurai bouche bée. Je me levai, remerciai vivement le docteur Laurent et pris congé.

Toute la difficulté résidait dans le fait que René Perrot ne s'en prenait pas aux témoins de l'accident mais à des membres de leur famille. De retour à la caserne, je fis délivrer une convocation à Carole Baron pour le lendemain matin. Je l'avais choisie, de préférence aux deux autres, car elle m'avait parlé – la première – de l'accident dont Sylvain avait été victime. Pierre Granier et Paul Rascot semblaient, eux, étrangement amnésiques, ce qui ne laissait pas de m'étonner. Comment oublier un tel drame et prétendre – du moins, en un premier temps – qu'il ne s'était rien passé de particulier cette année-là ?

Je montai directement à mon appartement et m'habillai en civil. Au moment même où je m'interrogeai sur les raisons de ma subite envie de me changer, je réalisai que j'avais décidé de téléphoner à Annie pour l'emmener dîner. Il m'arrivait souvent de procéder ainsi, dans le désordre. En entendant la sonnerie résonner, imperturbable, dans le combiné, je compris que je m'étais, vraisemblablement, changé pour rien. Je laissai sonner une bonne quinzaine de fois et mapprêtai à raccrocher, déconfit, lorsque la voix d'Annie, essoufflée, parvint à mon oreille :

– Je t'ai fait courir ? Je suis désolé.
– Ronan ? J'ai entendu le téléphone dans l'escalier. Ouf, quel sprint ! J'espérais que c'était toi…
– On se voit ?
– Quand ? Ce soir ?
– Oui. Je me disais que…
– D'accord. Tu veux venir manger à la maison ?
– Euh… ma foi…
– Laisse-moi le temps de préparer une dînette. Dans une heure, ça te va ?
– Ça me va ! A tout à l'heure.

Annie avait concocté un véritable festin. Je me demandais comment elle avait pu improviser un tel dîner. Pour ma part, si je n'avais disposé que d'une heure, j'aurais à peine été capable de confectionner deux sandwiches un peu améliorés. Quand je lui en fis la remarque, elle m'indiqua, sur ce ton espiègle qui me rendait tout chose, qu'il fallait remercier la fée "congélo".

Nous parlâmes d'abord de tout et de rien, puis en vînmes, vers la fin du repas, au sujet de mes préoccupations. Après quelques hésitations, je décidai de tout lui raconter car elle m'avait déjà prouvé sa perspicacité et je la considérais rien moins qu'une "collaboratrice de justice". Les propos qu'elle me tint ce soir-là firent d'ailleurs s'envoler mes dernières réserves :

– Il y a une chose intéressante dans ce que t'a dit le médecin légiste en jouant les apprentis enquêteurs.
– Ah, oui ?
– Il t'a dit que le meurtrier était pressé. Pourquoi pressé, y as-tu songé ?
– Non. Pas vraiment. je me suis juste dit qu'il allait récidiver, c'est tout.
– Oui, mais pourquoi pressé ? On est pressé lorsqu'on a une date butoir, en général.
– En effet.
– Quelle peut être la date butoir du meurtrier ?

Je pris la main d'Annie dans la mienne. Seule l'angoisse avait guidé mon geste, du moins à ce moment-là :

– Quel jour sommes-nous ?
– Le 24 janvier.
– Sylvain est mort le 31 janvier. Tu crois qu'il y a un rapport ?
– Probablement. S'il tue quelqu'un à la date anniversaire de la mort de Sylvain, ce sera non seulement le dernier mais le plus symbolique, à mon sens.

– Evidemment. Dans six jours, il va tuer à nouveau ? Tu le crois vraiment ?
– Ce serait logique, en tout cas.

Quand je réalisai une heure plus tard que la main d'Annie était toujours dans la mienne, je dus admettre que l'angoisse n'y était plus pour grand chose. Je ne parvenais pas à me décider à partir. Quand Annie se rendit dans la cuisine pour nous préparer un café, je la suivis, incapable de lui rendre sa main. Je continuais à la tenir tendrement dans la mienne, comme un oiseau tombé du nid que j'aurais ramassé sous un arbre.

Cette nuit-là, je ne dormis pas à la caserne.

chapitre 16

Je pus faire l'audition de Carole Baron dès neuf heures, le lendemain. Elle se tenait droite, sur sa chaise, les genoux serrés, la tête basse. Je compris qu'elle n'était plus en colère. Bien au contraire, elle semblait avoir beaucoup de choses à me dire. Le tout était de ne pas l'effaroucher :

– Madame Baron, je vais faire appel à vos souvenirs. Lors de l'accident de Sylvain, vous étiez avec Pierre Granier et Paul Rascot. C'est bien ça ?
– Oui. Je vous l'ai déjà dit.
– Très bien. Y avait-il quelqu'un d'autre dans votre groupe ?
– Ben, oui. Sylvain.
– Non, je veux dire, à part lui ?
– Oui.

Je m'étonnai de sa réticence à me livrer les informations mais je ne devais surtout pas la brusquer :
– Madame Baron, vous souvenez-vous du nom de ce quatrième enfant ?
– Oui.
– Fort bien. Acceptez-vous de me le dire ?
– Pourquoi le ferais-je ?
– Parce qu'il est peut-être en danger, ou, plus exactement, une personne de sa famille est en danger. Vous ne souhaitez pas la mort de cette personne ?
– Je m'en fiche complètement, vous savez. Depuis que

Georges n'est plus là, je me fiche de tout, même de ma propre vie. Alors, celle des autres…
– Je comprends. Mais c'est le seul moyen que nous ayons pour interpeller l'assassin de Georges. Je crois que s'il nous voit, de là où il est, il serait le premier à vous inciter à dire ce que vous savez.

Carole Baron se mit à pleurer en silence. Elle avait rentré le menton dans son cou et je vis des larmes couler le long de ses joues et venir mourir sur le col de sa chemise.

– Madame Baron, nous avons besoin de vous. Je ne sais pas ce qui vous empêche de parler. Quoi que vous ayez fait il y a quarante ans, je vous informe que les faits sont amplement prescrits.
– Nous n'avons rien fait !
– D'accord, vous n'avez rien fait. Alors, donnez-moi le nom du quatrième témoin.
– C'était Roger. Roger Raoust.
– Bon. Avez-vous autre chose à me dire ?
– Non.
– Alors, vous pouvez disposer, madame. Mais si un jour vous souhaitez me parler, vous pouvez m'appeler à n'importe quelle heure du jour ou de la nuit. On saura où me trouver. D'accord ?
– Je ne vois pas pourquoi je vous appellerais, je n'ai rien à me reprocher. Est-ce que vous pouvez vous le mettre dans le crâne ?
– A bientôt, madame Baron.

Elle partit, comme la fois précédente, en claquant la porte. J'étais convaincu qu'elle portait un poids énorme sur la conscience, mais ne parvenais pas à découvrir la nature de cette culpabilité. Si seulement Sylvain avait été poussé dans le vide, par une main anonyme, l'enquête en serait notablement simplifiée.

Le capitaine Orion se chargea de réunir des renseignements sur Roger Raoust. Agé de cinquante ans, il tenait un garage à Mende, et vivait seul. Il habitait au dessus de son garage. Je pris le parti de lui téléphoner plutôt que de le convoquer, voulant éviter de l'effrayer. Après tout, nous n'étions sûrs de rien. Je me présentai et l'interrogeai sur le drame de 1958 :

– Bien sûr que je m'en souviens. Pourquoi me reparlez-vous de ça ?
– Nous enquêtons sur une affaire qui nous ramène à cette période. Rien de plus, monsieur Raoust.
– L'enquête sur le triple assassin ?
– Non. Pas du tout. Je ne vois pas le rapport.
– Moi non plus. C'était pour savoir.

Je crus déceler un soulagement dans sa voix et fus convaincu – à l'instant même – que Roger Raoust, tout comme ses trois camarades, avait quelque chose à se faire pardonner. Il me fallait, à présent, parvenir à le questionner sur les membres de sa famille sans éveiller ses soupçons. Je choisis de revenir à l'accident :

– Dites-moi, monsieur Raoust, comment est-ce arrivé ?
– Il a glissé et il est tombé.
– Il a glissé, dites-vous ? Il y avait peut-être du verglas ou de la neige au bord de la falaise ?
– Sûrement, oui.
– J'ai rencontré plusieurs de vos camarades de l'époque. Ils sont tous mariés pour la plupart. Vous aussi, je suppose ?
– J'ai été marié, oui. Mais je suis divorcé depuis sept ans.
– Ça a dû être dur pour les enfants ?
– Non. Eric – c'est mon fils – a pris ça très bien. Il faut dire qu'il avait déjà dix-sept ans. A cet âge-là, les jeunes sont davantage préoccupés par la moto, les copains, les filles. Il voit sa mère de temps en temps et ça se passe bien.
– Il travaille au garage, peut-être ?
– Non. Il est VRP. Représentant, quoi. Il parcourt les routes d'Auvergne pour tenter de caser des articles de papeterie. Ça marche pas mal, d'ailleurs. Il est à son compte et parvient à se faire de ces payes ! Si je vous disais que certains mois, il gagne plus de quinze mille francs ?
– Il vous est très attaché, je suppose. Les enfants de couples divorcés s'attachent toujours beaucoup à leurs parents ...

J'eus conscience d'énoncer une vérité bien creuse mais je n'avais guère le temps de mener une audition de dentellière :

– Ça, pour sûr qu'il l'aime, son papa. Et je le lui rends bien. C'est ma seule famille aujourd'hui. Mes parents sont morts il y a bien longtemps.

– Il doit habiter dans le coin… ?
– A Balsièges, il habite. Mais pourquoi me posez-vous toutes ces questions sur mon fils ?
– Oh, comme ça ! Histoire de parler. Bon, si vous vous souvenez de quelque chose, à propos de l'accident de 1958, vous pouvez me contacter à la gendarmerie de Mende.
– O.K. Mais je vous ai tout dit, vous savez…

Une fois encore, je rassemblai tous les hommes disponibles en salle de commandement et donnai mes ordres. L'anxiété transparaissait, presque tangible, dans le ton de ma voix :

– Il s'appelle Eric Raoust. Il a vingt-cinq ans et il habite Balsièges. On peut être chez lui dans dix minutes. Il me le faut, ce jeune homme. Il est probablement la prochaine victime de l'assassin. Marquet, vous partez le chercher. Emmenez trois agents avec vous ! Si le meurtrier se trouve dans les parages, il n'hésitera devant rien.

Marquet se levait déjà. Arrivé à la porte de la salle, il se retourna, l'air contrarié :

– Et si Eric Raoust ne veut pas nous suivre, qu'est-ce qu'on fait ? On ne lui passe pas les menottes, au moins ?
– Bien sûr que non. Dites-lui que son père est à la gendarmerie, ça devrait suffire pour qu'il accepte de vous suivre.
– Et s'il…
– Dépêchez-vous, Marquet ! Vous verrez bien !

Le téléphone sonna un quart d'heure plus tard :

– Il n'est pas chez lui, mon colonel. Qu'est-ce qu'on fait ?
– Vous ne bougez pas de là. Vous y passez la nuit et la journée de demain s'il le faut. Profitez-en pour interroger les voisins. Ils savent peut-être où il se trouve. Vous devez le mettre sous protection dès qu'il revient à son domicile, compris ? C'est très important, Marquet.
– Bien, mon colonel. Comptez sur nous. Dès qu'il se montre, on le couve comme des nourrices.

Eric Raoust ne rentra pas ce soir-là, ni les jours suivants. Les voisins expliquèrent qu'il partait souvent durant quatre ou cinq jours, "en tournée" comme il disait. Nous pûmes nous faire ouvrir la porte du domicile par un serrurier, en présence de deux témoins – comme l'exige le code de procédure pénale – mais la consultation méthodique des papiers qu'il entassait dans un tiroir ne nous permit pas de reconstituer son itinéraire. Les quelques gérants de papeterie que nous pûmes joindre à travers la région n'attendaient pas la visite du représentant avant plusieurs mois. Je ne pouvais que demander à mes hommes de faire les sentinelles devant son domicile, à Balsièges.

J'avais, par ailleurs, consulté une nouvelle fois *La fabuleuse histoire de la bête du Gévaudan.*

L'animal avait effectivement attaqué à deux reprises, le 31 janvier 1965, d'abord à Lorcières, village typique de la Margeride, puis dans les bois de Saint-Chély-d'Aubrac, commune de l'Aveyron. A chaque fois, la victime avait été une jeune femme, mais cette circonstance ne suffisait certes pas à me rassurer sur le sort que l'assassin réservait à Eric Raoust. Après avoir mis en alerte les gendarmes aveyronnais, j'envoyai des équipes sillonner les deux secteurs et interroger les habitants, sans succès. Dès le 30 janvier au matin, je répartis près de soixante gendarmes à Lorcières et Saint-Chély, mais Saint-Chély-d'Apcher, au nord de la Lozère. Je restais en effet convaincu que le meurtrier ne changerait pas de département.

Les habitants découvraient des "képis" partout : sur les routes, dans les sous-bois, aux abords des pâturages.

J'avais fait provisoirement cesser toute enquête sur René Perrot, dont la piste s'arrêtait d'ailleurs à sa sortie du centre Charcot. Je voulais que toutes nos forces soient concentrées sur les lieux présumés du prochain meurtre et sur la victime.

Le 31 janvier, le juge d'instruction sollicita le renfort d'une cinquantaine d'hommes supplémentaires – venus du groupement de gendarmerie de Montpellier – que j'envoyai immédiatement dans les deux localités. La caserne était déserte. J'étais seul, en salle de commandement, ne me résolvant pas à aller sur le terrain, craignant de me tromper de site.

Le corps fut découvert à la tombée de la nuit, dans un sous-bois de Saint-Chély-d'Apcher. Il n'était pas décapité mais portait des morsures au bras et aux jambes. Son crâne, comme celui d'Odile Rascot, présentait une plaie béante.

Eric Raoust – car j'étais persuadé qu'il s'agissait bien de lui – tenait, lui aussi, un papier froissé dans sa main crispée. L'inscription, en lettres capitales, n'était pas tirée de l'histoire de la bête et semblait une considération toute personnelle de l'assassin : *"un homme averti en vaut deux. Un homme averti deux fois ne vaut plus rien"*.

En toute logique, le message s'adressait à Roger Raoust, le père de la victime. J'eus soudain hâte de le convoquer, hâte qu'il reconnaisse le corps, hâte qu'il me dise la vérité, hâte enfin de mettre la main sur René Perrot.

Je parvins à contacter Roger Raoust à son garage et lui demandai de venir immédiatement à la gendarmerie. Il ne posa pas de questions et arriva dix minutes plus tard.

Quand il pénétra dans la salle de commandement, je le fixai, perplexe. A n'en pas douter, j'avais déjà rencontré cet homme, mais ne parvins pas à retrouver en quelle circonstance. Il est vrai que j'étais passablement perturbé par l'annonce de ce quatrième meurtre, pour ne pas dire anéanti. Pendant que nous faisions route vers Saint-Chély, je lui exprimai, avec un luxe de précautions oratoires, mes craintes concernant l'identité du mort. Il me considérait, le regard hébété, pendant que je conduisais, et la fixité de son regard m'était insupportable. Quand il retrouva enfin l'usage de la parole, ce fut pour tenter de se rassurer, en désespoir de cause :

– Mais non, ce n'est pas lui. Il est en tournée.
– Je vous le souhaite vraiment, monsieur Raoust, mais tout me laisse à penser qu'il pourrait s'agir de lui. Il vaut mieux que vous vous prépariez à cette éventualité.

Le trajet fut interminable. J'en profitai pour relater à Roger Raoust, sans toutefois entrer dans les détails, ce qui me permettait d'affirmer que le corps criblé de morsures gisant dans le sous-bois était celui de son fils. J'évoquai le nom de René Perrot et je le vis tressaillir. J'en conclus que le spectre du passé revenait le percuter de plein fouet. J'eus même l'intuition que Roger Raoust avait compris ce que je ne faisais encore que subodorer.

Quand nous arrivâmes sur les lieux, le périmètre de sécurité était déjà mis en place et les badauds s'agglutinaient le long des banderoles tendues d'arbre en arbre. La nuit était venue et – à la distance où ils se trouvaient – ils ne pouvaient distinguer grand chose de la scène du crime mais ils étiraient inutilement la tête, pour gagner quelques centimètres de visibilité.

De leur vie, les habitants n'avaient vu autant de gendarmes. Je laissai Roger Raoust se diriger vers le faisceau des torches et demandai aux nombreux hommes en faction devant le périmètre de faire circuler les curieux. Quand les badauds se furent éloignés en maugréant, proférant pis que pendre sur les gendarmes – je crus même entendre des remarques peu élogieuses sur la maréchaussée – je m'avançai à mon tour vers le centre du périmètre. Roger Raoust était tombé à genoux, devant le corps mutilé. Il tenait les mains levées au-dessus du visage de son fils, hésitant à le toucher. Ce fut alors que je me souvins du repas des anciens combattants auquel j'avais été convié en novembre. Roger Raoust avait levé les mains de la même manière, mais ce jour-là, il imitait la bête du Gévaudan pour terroriser une petite fille qui s'était recroquevillée sous la table.

Roger Raoust mimant la bête du Gévaudan, le meurtrier imitant, à son tour, la bête du Gévaudan... Je sus, au même instant, que je venais de découvrir le deuxième lien de cette sordide affaire.

Je choisis de laisser Roger Raoust à son désespoir et demandai au capitaine Orion de le convoquer le lendemain matin à la gendarmerie. Si j'en croyais l'analyse perspicace de ma douce Annie, l'assassin avait commis son dernier meurtre et je n'étais plus véritablement pressé. J'en vins même à me persuader qu'il me suffirait d'un court délai d'intense réflexion pour que le puzzle se reconstitue de lui-même sous mes yeux, faisant émerger le visage de René Perrot, quadruple meurtrier. Le portrait de Sylvain ne me laissait-il pas une impression de déjà vu ?

Paradoxalement, plus je m'approchais de la vérité, commençant à entrevoir l'absurde motivation du cinglé, plus j'étais malheureux, inexplicablement malheureux.

chapitre 17

Convoqué à dix heures, Roger Raoust ne se présenta pas. J'envoyai deux de mes hommes au garage mais ils revinrent bredouilles : le commerce était fermé et Roger Raoust ne répondait pas aux coups de sonnette. Craignant qu'il n'ait commis un geste désespéré, je fis ouvrir la porte de l'appartement situé au-dessus du garage, mais il ne s'y trouvait pas. Je rageais de voir ainsi s'échapper une pièce indispensable du puzzle que je m'évertuais à reconstituer.

J'appelai le capitaine Orion dans mon bureau et exigeai qu'il invitât Pierre Granier et Carole Baron à se présenter sans délai à la gendarmerie. Je demandai également au chef Marquet de se rendre au chevet de Paul Rascot, à Montpellier, pour recueillir sa déposition. J'estimais que tous trois me devaient désormais la vérité.

Pierre Granier, après plus d'une heure de tergiversations, accepta de reconstituer, pas à pas, la journée du 31 janvier 1958 :

– Sylvain, c'était un peu notre bouc émissaire. Il faut dire que c'était un môme très peureux. Je veux dire à un point dingue. Nous, on en profitait. C'était devenu notre jeu de le faire trouiller. On était jeunes, vous savez. Les gamins ne sont pas tendres entre eux, c'est bien connu. Le plus souvent, René, son jumeau, le protégeait.

– Donc, vous vous amusiez à terroriser Sylvain ?

– Oui. Depuis le début de l'année scolaire, on n'arrêtait pas.
– Qui, "on" ?
– Carole Baron, Paul Rascot, Roger Raoust et moi. C'est vrai qu'on n'était pas particulièrement liés, mais on se retrouvait toujours tous les quatre quand on voulait faire une blague à Sylvain.
– Quel genre de blague ?
– N'importe quoi. Par exemple, un jour, à la récré, profitant que René n'était pas là, on a dit à Sylvain qu'il y avait le feu à son pantalon. Il était terrorisé. Nous, on hurlait "vite, vite, tu vas brûler". Il fallait le voir se démener pour enlever son futal ! Après, une fois qu'il s'est retrouvé en slip en plein milieu de la cour, on lui a dit que le feu avait pris dans son dos. Bref, en moins de deux minutes, il était complètement à poil. Il s'est même fait punir, pour ça. C'est vrai que c'était cruel mais, je vous dis, on était des mioches.
– Que s'est-il passé le 31 janvier 1958 ?
– A l'aller, je m'étais mis avec Carole, Paul et Roger à l'arrière du car. On concoctait une nouvelle farce pour Sylvain, à voix basse. C'est Roger qui a eu l'idée.
– Quelle idée ?
– En cours, la veille, le prof d'histoire nous avait parlé de la bête du Gévaudan. On avait remarqué que Sylvain était tout pâle en sortant de la classe. C'est dingue ce qu'il était trouillard. Dans le car qui nous amenait à Sainte-Enimie, Roger a proposé qu'on fasse croire à Sylvain, une fois qu'on serait sur la falaise, qu'on était poursuivis par la bête du Gévaudan. Ça nous a paru très drôle… enfin, au début. On a fait comme on a dit. On s'est éloignés tous les quatre et, à un moment donné, on a surgi d'un fourré en criant : "la bête, au secours !!!". J'avais jamais crié aussi fort de ma vie, parole ! On est passés devant lui comme des dératés. Il n'a pas réfléchi et s'est mis à courir derrière nous. J'ai entendu René qui l'appelait de loin mais Sylvain n'écoutait plus que sa frousse. Il était fou de terreur. A un moment, nous quatre, on s'est arrêtés, essoufflés. Mais on a continué à crier : "vite ! vite !". Roger a même hurlé :"il te rattrape, cours !" et Sylvain est passé devant nous sans s'arrêter. La suite, vous la connaissez.
– René a assisté à toute la scène ?
– Forcément. Il courait, lui aussi, mais il avait une bonne dis-

tance de retard sur nous. Il criait le nom de son frère, mais, comme je vous l'ai dit, Sylvain était comme un automate. Plus rien ne pouvait l'arrêter.
– Si, vous. Vous pouviez l'arrêter, lui dire que c'était une plaisanterie !
– Je me suis souvent posé la question, depuis. Je préfère croire que, de toute façon, il ne nous aurait pas entendus. Mais je sais que c'est faux. Il suffisait de lui sauter dessus, de le jeter au sol, au besoin. C'est vrai qu'on aurait pu. C'est dur de repenser à ça, vous savez. Dites, mon colonel, il y a un rapport avec le meurtre de ma mère ?
– J'en ai peur, oui.
– Les morsures et… le reste, c'est à cause de ça ?
– Oui.
– C'est René ? C'est ça ? René est revenu ?
– En quelque sorte, oui.
– Mais enfin, il est fou ! quarante ans après ! Où est-il ? Vous l'avez arrêté ?
– Pas encore, mais son interpellation est imminente, monsieur Granier.
– Ce n'est pas possible ? Ce n'est pas à cause de ça que maman est morte ? Dites-moi que ce n'est pas vrai ?

Pierre Granier s'effondra et je dus faire appel à deux gendarmes pour l'aider à s'allonger sur un lit de camp, dans une pièce attenante.

Carole Baron confirma en tous points le témoignage de Pierre Granier. Elle admit qu'elle s'était longtemps sentie coupable puis, les années passant, elle avait remisé ce mauvais souvenir dans un coin inaccessible de sa mémoire. A la différence de Pierre Granier, elle ne crut pas un seul instant que l'accident de 1958 pût avoir un quelconque lien avec la mort de son mari. Je compris qu'elle s'entêterait ainsi tant que le meurtrier ne serait pas passé aux aveux.

Paul Rascot rapporta une version sensiblement identique, dûment consignée par le chef Marquet venu l'entendre à l'hôpital. A la différence des deux autres témoins, il semblait se moquer complètement du rapport existant entre l'accident de 1958 et la mort de sa femme. En réalité, il n'était plus à même de ressentir la moindre émotion, de quelque nature qu'elle fût.

Fort de ces trois témoignages, dont j'avais soupçonné la teneur, je m'enfermai dans mon appartement, demandant à mes hommes de ne me déranger qu'en cas d'urgence absolue. Je ne reçus qu'un seul appel, une heure plus tard, m'annonçant que le corps de Roger Raoust avait été retrouvé dans sa voiture accidentée. Le véhicule s'était enroulé autour d'un arbre, à la sortie de Mende. Un témoin avait assisté à l'accident et affirmait que le conducteur s'était volontairement jeté contre l'obstacle, à très vive allure, ce dont je ne doutai pas un seul instant.

J'allai dans ma chambre où je retrouvai la photographie de Sylvain qui, sous son sourire timide, semblait me demander grâce. Je notai, sur un coin de feuille, la dernière phrase du cinglé :

"Un homme averti en vaut deux. Un homme averti deux fois ne vaut plus rien".

Je me remémorai la scène à laquelle j'avais assisté lors du repas des anciens combattants, à la salle des fêtes de Mende. Je tentai de reconstituer méthodiquement la soirée et notamment l'instant où Roger Raoust avait cru bon de mettre en émoi un cœur d'enfant. Je fermais les yeux et laissais se reconstituer les fragments du tableau :

... Mon regard fut attiré par deux fillettes, âgées de six et huit ans environ, qui jouaient à chat perché. La plus jeune, probablement flattée de l'attention que je lui portais, poussa un petit cri strident.

Un serveur se dirigea vers elle en s'évertuant à prendre un air effrayant, les mains raidies projetées en avant mimant d'effroyables griffes, les yeux révulsés :
– Je suis la bête du Gévaudan, et je dévore les petites filles qui crient... !!!

La scène était si soudaine que le silence se fit autour de la table pendant que la petite fille, affolée, poussait un cri encore plus strident que le premier et éclatait en sanglots, en courant se réfugier sous la table, entre nos jambes. Son regard exorbité scrutait la pièce de tous côtés, appréhendant un danger imminent. Les larmes continuaient à glisser sur ses joues, sa lèvre inférieure tremblait...

Roger Raoust n'avait-il mis en émoi que la petite fille ? Se pouvait-il qu'une autre personne, dans la salle, ait mal vécu la scène ? *"Un homme averti deux fois ne vaut plus rien"*. Roger Raoust avait déjà provoqué la mort de Sylvain. Comment se permettait-il, quarante ans plus tard, d'avoir recours à la même farce douteuse pour terroriser une enfant ? Averti deux fois, il ne méritait plus aucune clémence, non plus que les trois autres instigateurs du drame de 1958. Telle avait été, vraisemblablement, la logique implacable du meurtrier.

Je fus dès lors persuadé que René se trouvait parmi les convives, à la salle des fêtes. Je me souvins d'une remarque faite par le psychiatre de Saint-Alban : *"Je crois que votre meurtrier se présente comme vous et moi. Il a peut-être déjà été votre voisin de table "*. Il ne croyait pas si bien dire. J'avais probablement assisté, en direct, au fameux "événement déclencheur" qui devait entraîner inexorablement les assassinats en cascade. René avait-il pris place à la même table que moi ? Comment donc avaient réagi les convives à la piètre farce du serveur ? Je fouillai le regard de Sylvain, à m'en brûler les yeux ...

... A mes côtés, le commandant Verdier amorçait un sourire. Le bâtonnier, toujours aussi transparent, fixait, de son regard glacé, une ligne bleue des Vosges imaginaire. Je sus plus tard qu'il avait perdu sa femme une semaine auparavant. C'est le moment que choisit l'inspectrice d'Académie pour éclater de rire, un rire cristallin qui allait fort bien à son joli visage. Dans son sillage, le maire, le député et le préfet s'esclaffèrent. Seule madame la préfète semblait un peu contrariée et, se tournant vers le serveur, dit d'un ton mi-fâché, mi-amusé :
– Voyons, ce ne sont pas des plaisanteries à faire! La voilà terrorisée pour un bon moment. Isabelle, sors de là-dessous. La bête du Gévaudan n'existe pas !...

Je mis enfin un visage sur le nom de René Perrot. Lorsque j'avais surpris un air de déjà vu, en scrutant le portrait de Sylvain, j'avais ensuite rêvé d'une folle randonnée au ballon d'Alsace et de la rencontre avec une redoutable silhouette, aux yeux de poisson mort. Nous devrions porter une plus grande attention au sens de nos rêves. Belfort ... la ligne bleue des Vosges... *Le bâtonnier, toujours aussi transparent, fixait, de son regard glacé, une ligne bleue des Vosges imaginaire.*

Je rejoignis au pas de course la salle de commandement et sonnai le rassemblement de mes hommes. Ils me dévisagèrent, ahuris, et j'en compris plus tard le motif, en m'apercevant dans un miroir : mes cheveux étaient ébouriffés, ma chemise, à moitié ouverte, pendait de mon pantalon et mes yeux, plissés à force de concentration, lançaient des éclairs. Lorsque je leur révélai le résultat de mes réflexions, ils échangèrent des regards gênés. Marquet m'indiqua, le regard fuyant, que le bâtonnier se nommait René Cormier. Je n'avais pas douté un seul instant de son prénom.

Un appel au cabinet de maître Cormier nous apprit qu'il plaidait ce jour-là aux Assises. Je me dirigeai sur-le-champ vers le tribunal, accompagné de Dufy, Orion, et dix de mes hommes. Informé du rebondissement de notre enquête, Claude Varot, le juge d'instruction, nous attendait au Palais. Le commandant Verdier partit simultanément avec cinq TIC pour perquisitionner au domicile et au cabinet du bâtonnier, non sans avoir alerté un de ses confrères du Barreau – comme il se doit, en de telles circonstances – afin qu'il assiste à la perquisition.

En gravissant les escaliers du tribunal, mes hommes se rapprochèrent insensiblement de moi, certains se collant presque à mes épaules, comme pour faire bloc à l'approche d'une terrible épreuve.

chapitre 18

Claude Varot nous attendait dans le hall du tribunal. Sur notre droite, la salle d'audience était comble et certains spectateurs, agglutinés à hauteur de l'impressionnante porte d'entrée, tendaient le cou pour mieux suivre le cours du procès. Le juge d'instruction demanda à quatre gendarmes de faire le tour du bâtiment afin de neutraliser toute tentative de fuite par l'arrière de la salle d'audience.

Les débats de la cour d'assises de la Lozère duraient depuis le matin. Un homme ayant surpris un voleur dans sa cave, l'avait tué d'un coup de fusil à bout portant, deux ans plus tôt. J'allongeai le cou, à mon tour, et aperçus l'accusé dans le box, encadré d'une solide escorte de policiers. Il ne quittait pas des yeux son avocat, maître Cormier, qui avait pris la parole pour assurer sa défense. Claude Varrot nous expliqua que le bâtonnier était le ténor du barreau de Mende, et même de la région Languedoc-Roussillon. On le surnommait "maître acquittement" tant il excellait dans ses plaidoiries. Cette fois encore, nous précisa Claude Varot, il comptait plaider la légitime défense pour justifier le meurtre du voleur. L'acquittement de son client serait difficile à obtenir : le malfaiteur avait reçu le coup de fusil dans le dos, alors qu'il tentait, visiblement, de s'enfuir et ne constituait donc plus un danger imminent.

Le procureur, assis à gauche de l'hémicycle, avait été informé des raisons de notre venue à l'audience et, prudent, ne nous adressa pas le moindre signe d'intelligence qui aurait pu alerter le bâtonnier. En revanche, les neuf jurés et, plus encore, les trois magistrats de la cour d'assises, suivaient des yeux, interloqués, les "képis" qui venaient se poster à différents endroits stratégiques de la salle. Maître Cormier nous tournait le dos et plaidait avec fougue, en sondant le regard des jurés qui devaient, à l'issue de sa plaidoirie, décider du sort de son client.

Le plus étonné de tous était l'accusé lui-même qui ne s'expliquait pas un tel déploiement de forces alors qu'il n'avait jamais été question pour lui de tenter une évasion. D'ailleurs, il s'était spontanément présenté à l'audience, ce matin-là, ayant bénéficié d'une liberté sous contrôle judiciaire durant toute la phase d'instruction de son dossier. Force était de constater que l'apparition de tous ces gendarmes lui faisait craindre la pire des condamnations et j'étais profondément désolé de ce quiproquo qui lui fit subitement trembler les mains.

L'assesseur de droite se pencha vers le président de la Cour et lui susurra quelques mots à l'oreille en indiquant, du menton, le fond de la salle. C'est le moment que choisit maître René Cormier pour se retourner, tout en continuant sa plaidoirie. Son regard balaya le public et s'arrêta sur moi, durant un infime instant. Je le vis pâlir, et perçus comme un tressaillement au niveau de ses épaules. Le bâtonnier avait compris. Il ne se départit pourtant pas de sa verve et, après avoir marqué un léger silence, poursuivit :

"Mon client – mesdames et messieurs les jurés – n'est pas un délinquant, encore moins un criminel. Ce bon père de famille, brave commerçant, vous a été décrit par l'ensemble des témoins comme un être calme et pondéré. Certains ont même rapporté qu'il était serviable, généreux et drôle. Alors, qu'est-ce qui a pu faire basculer une telle sérénité, dans cette satanée cave, un soir du mois de mars ? Je vous le dis sans l'ombre d'une hésitation – mesdames et messieurs les jurés – la peur".

A l'instant précis où j'entendis ce mot, je sus que – sous couvert de défendre son client – il plaiderait désormais sa propre cause :

"Il faut avoir connu cette paralysie de tous les sens, ce frémissement insidieux qui se glisse dans vos veines, ce cœur qui bat à tout rompre et que vous ne pouvez plus contrôler, ce besoin de happer un souffle d'oxygène pour ne pas mourir de terreur. La peur a cela de pernicieux qu'elle vous aliène, vous relègue au rang des poltrons, des impuissants, des loques humaines. N'avez-vous jamais ressenti cette humiliation – mesdames et messieurs les jurés – cette certitude soudaine que vous n'êtes rien, que vous ne maîtrisez plus votre destin, que vous êtes abandonné de Dieu lui-même ? Nul n'a le droit de provoquer un tel sentiment dans l'âme de son semblable, car cela constitue un crime bien plus grave – moralement – que le meurtre lui-même. Ceux qui suscitent cette peur peuvent légitimement s'attendre au pire, y compris à la mort. Mon client, ici présent, n'a rien fait d'autre que de répondre à sa terreur. C'était une réponse légitime, mesdames et messieurs les jurés. Voilà pourquoi je vous demande, en votre âme et conscience et dans le secret de votre délibéré, de dire que mon client ne pouvait pas agir autrement. Si tel est votre sentiment, alors vous prononcerez son acquittement."

René Cormier vint se rasseoir au banc des avocats et s'épongea le front. Son client l'appelait désespérément du regard, mais le bâtonnier ne le vit pas. Le président ayant annoncé que les débats étaient clos et que la cour d'assises se retirait pour délibérer, la salle d'audience se vida progressivement. L'accusé fut extrait du box et emmené dans une pièce attenante. Lorsque l'avocat de la partie civile eut, à son tour, regagné le hall, je m'avançai vers René Cormier, trois gendarmes sur mes talons :

– Est-il indispensable, maître, que vous assistiez au prononcé de l'arrêt condamnant votre client ?

René Cormier me considéra des pieds à la tête, comme si je n'avais été qu'un vulgaire malotru. Il se leva et commença à déboutonner sa robe d'audience, un sourire indéfinissable au coin des lèvres, et répondit :

– Qui parle de condamnation ? Il sera acquitté, vous le savez aussi bien que moi. Pour répondre à votre question, non, ma présence n'est pas indispensable. Je vais demander à un confrère de me remplacer.

Il utilisa son téléphone portable et demanda à sa secrétaire de faire le nécessaire. Il dut apprendre à ce moment-là qu'une perquisition était effectuée à son cabinet. En raccrochant, il me déclara sans plus de façons :

– Inutile de perdre votre temps à mon cabinet. Il faut aller perquisitionner dans la cave de ma propriété si vous voulez trouver des pièces à conviction.

Le ton détaché qu'il avait utilisé pour faire cette remarque était pour le moins désarmant. Il aurait pu dire, sur un ton identique, qu'il s'en allait dîner en ville. Je n'eus plus aucun doute sur son état mental. René Cormier était profondément, irrémédiablement, désespérément cinglé.

Le trajet jusqu'à la caserne se fit sans incidents. Il est vrai que j'avais demandé à mes hommes de ne pas passer les menottes au meurtrier – au meurtrier présumé, devrais-je dire – persuadé qu'il ne tenterait pas de se soustraire à la justice. D'ailleurs, il était encadré de dix gendarmes, ce qui excluait toute velléité de fuite.

A la caserne, je lui notifiai sa garde à vue et lui donnai immédiatement connaissance de ses droits. Lorsque j'en vins à déclarer qu'il avait droit à l'assistance d'un avocat, il me lança un sourire sardonique qui me mit mal à l'aise.

Je commençai l'interrogatoire aussitôt, en présence des capitaines Dufy et Orion, qui ne se permirent pas d'intervenir. Le chef Marquet pianotait rapidement sur son clavier, au fur et à mesure que René Cormier se racontait. J'optai pour un interrogatoire serré sur les meurtres eux-mêmes, afin de "bétonner" l'enquête et "fermer toutes les portes" selon notre jargon, avant de m'intéresser à ses motivations secrètes :

– Comment avez-vous tué Geneviève Granier ?

– Je lui ai téléphoné en lui disant que son fils avait une grosse dette de jeu et que nous devions en parler. Evidemment, je lui ai dit de n'en souffler mot à personne et de me rejoindre immédiatement sur les berges du Lot.

– Elle vous connaissait ?

– Plus ou moins. Elle avait dû m'apercevoir une fois ou deux. Elle connaissait surtout mon nom.

– Que s'est-il passé ensuite ?

– Je lui ai demandé de laisser son vélo et de me suivre jusqu'à mon domicile tout proche. Là, je lui ai assené un coup de gourdin sur le crâne. Elle n'a pas souffert. Après, j'ai des-

cendu le corps à la cave et… bon, je l'ai arrangé. Puis, je l'ai placé dans le coffre de ma Mercedes et je suis allé le déposer à Buffeyrettes. La tête, je l'ai transportée à un kilomètre de là, deux jours plus tard.
– Et vous avez perdu l'améthyste de votre pendentif.
– Ah, c'est vous qui l'avez ?
– Oui. Et Georges Baron ?
– Je l'ai appelé à son bureau pour lui dire que sa femme m'avait choisi comme avocat pour demander le divorce. J'ai ajouté que j'avais une solution pour éviter ça et qu'il fallait qu'on en parle.
– Ne preniez-vous pas le risque qu'il vérifie auprès de sa femme ?
– Non. J'ai attendu qu'elle soit sortie de chez elle et donc injoignable. D'ailleurs, j'attendais le mari devant la poste. Nous sommes revenus à Mende dans ma voiture. Après, j'ai procédé comme pour Geneviève Granier. Lui non plus n'a pas souffert. Je vous en donne ma parole d'honneur.
– Et comment avez-vous pu faire venir de Paris Odile Rascot ?
– Je lui ai parlé d'un gros héritage. Heureusement, elle ne m'a pas demandé trop de détails. Il fallait qu'elle me rejoigne immédiatement en Lozère pour venir signer des papiers.
– Elle aurait pu en parler à quelqu'un…
– Non. Je lui avais demandé le secret le plus absolu, prétextant que des pseudo-héritiers peu scrupuleux pourraient nous mettre des bâtons dans les roues tant que les papiers n'auraient pas été signés. Elle y a cru. Elle m'a rejoint directement chez moi à sa descente du car.
– Eric Raoust ?
– Je m'étais arrangé pour le rencontrer une semaine plus tôt, soi-disant par hasard, et lui avait fait décrire sans difficulté la tournée qu'il s'apprêtait à effectuer. Je l'attendais à Saint-Flour, troisième étape de son tour d'Auvergne. Là aussi, je l'ai rencontré comme par un fait exprès et lui ai appris que les gendarmes le cherchaient partout car son père avait fait une crise cardiaque. Je me suis proposé de le ramener à Mende dans ma Mercedes, plus rapide que son tacot. Il a accepté.

– Et il ne s'est pas étonné que vous soyez si bien informé ?
– Vous savez, quand on annonce ce genre de calamité à un proche, il ne réfléchit pas, en général. Puis-je me reposer un peu, mon colonel ?

Je lui accordai une heure de repos durant laquelle le commandant Verdier m'informa que la perquisition dans la cave de la propriété s'était révélée fructueuse. René Cormier avait tout laissé sur place : le sinistre billot qu'il avait utilisé pour décapiter les victimes et l'étrange instrument d'acier qui avait parodié les morsures. Il s'agissait, en fait, d'un piège à mâchoires, comme en utilisent couramment les chasseurs de gibier à poil, même si ce procédé de capture est interdit en France. Les mâchoires avaient été méticuleusement aiguisées. Dans le jardin attenant à la cave, les enquêteurs avaient découvert un endroit où la terre était meuble. Ils avaient creusé le sol et ramené à la surface la tête de Georges Baron.

Quand je repris l'interrogatoire, j'avais un profond sentiment de dégoût pour cet homme, sentiment qui devait pourtant s'estomper au fil de ses déclarations :
– Pourquoi avez-vous commis de telles horreurs, René Cormier ?
– Il fallait qu'ils payent pour la mort de Sylvain. En fait, ce qui m'a fait perdre toute retenue, c'est quand j'ai vu Roger Raoust terroriser une gamine, à ce dîner. J'étais d'autant plus fragile que ma femme – qui malgré tout me raccrochait à la réalité – était morte une semaine plus tôt. Vous souvenez-vous de ce dîner ? Vous y étiez aussi.
– Oui, je m'en souviens fort bien.
– Je n'avais pas parlé à l'époque de leur responsabilité dans l'accident, à ces quatre-là. Sur le moment, j'en ai été incapable car j'étais trop perturbé. J'ai dû être rapidement hospitalisé en psychiatrie.
– J'ai appris cela, en effet.
– Quand je me suis senti mieux et que j'ai pu réfléchir, plusieurs années s'étaient écoulées et je ne voulais pas réveiller ma douleur. J'ai préféré étouffer ma rancune. Il me fallait commencer à vivre tant bien que mal. Je me suis marié et j'ai vécu à peu près normalement. Je dis "à peu près" car je n'ai jamais retrouvé l'unité de mon être. C'est sûrement difficile à comprendre pour quelqu'un qui n'a pas de frère jumeau.

Nous étions chacun la moitié d'un tout. En me quittant, Sylvain m'a arraché une moitié de moi-même. J'ai traîné ce handicap toute ma vie comme on traîne un poids mort, un cadavre.

– Qu'en disait votre femme ?

– Je lui ai toujours dit que j'étais fils unique. Ma mère est morte alors que je n'avais que vingt ans. A dater de ce jour-là, mon passé n'appartenait plus qu'à moi.

– Quand êtes-vous revenu en Lozère ?

– Il y a dix ans, environ.

– Et la plaque, sur la tombe de Sylvain ?

– Je l'ai commandée à Paris et je l'ai posée en décembre dernier.

– Pour revenir à ce dîner…

– Roger Raoust recommençait. Il avait tué mon frère en toute impunité et, quarante ans plus tard, il recommençait. Jamais je n'ai autant souffert qu'à cet instant-là, même pas à la mort de Sylvain. Je m'en voulais de n'avoir rien dit à l'époque, de les avoir laissés vivre tous quatre durant toutes ces années sans être inquiétés. L'instinct de vengeance a alors fondu sur moi et a tout envahi. Mais j'ai rapidement compris que leur mort ne vengerait pas Sylvain. Il me fallait les terroriser avec la bête du Gévaudan et supprimer la personne qui leur était la plus proche, celle sans laquelle leur vie deviendrait insensée, tout comme le fut la mienne après qu'ils m'eurent volé Sylvain.

– Ressentez-vous du remords pour ce que vous avez fait ?

– J'ai conscience que je devrais répondre par l'affirmative. Je suis bien placé pour savoir que toutes mes déclarations sont consignées et qu'elle seront produites lors de mon procès. Je suis peut-être un assassin mais je ne suis pas un menteur, mon colonel. Non, je n'ai pas l'ombre d'un remords et savez-vous pourquoi ? Depuis que j'ai entrepris cette vengeance, Sylvain est revenu. Je n'avais pas été aussi heureux depuis de longues années.

– Revenu ?

– Oui, dans ma tête. Il est là, il me parle, il m'encourage. Depuis que vous m'interrogez, il me donne la main et me sourit. Je sais pertinemment qu'il s'agit d'un délire psychotique. Les psychiatres me l'ont longuement expliqué au

cours de mon adolescence. Mais délire ou pas, c'est fantastique de le retrouver.
– Excusez-moi de vous poser la question aussi directement mais… pensez-vous que vous êtes fou, René Cormier ?
– Absolument pas. Et j'espère bien que les psychiatres, qui ne manqueront pas de m'examiner, ne vont pas prétendre que – conformément à l'article 122-1 du code pénal – j'étais atteint, au moment des faits, d'un trouble psychique ou neuropsychique ayant aboli mon discernement ou le contrôle de mes actes. Sylvain serait tellement déçu qu'il n'y ait pas de procès !

René Cormier mit tendrement ses mains l'une dans l'autre et je fus persuadé que l'une d'elles était la main de Sylvain.

Je me redressai et m'approchai de la fenêtre, tournant le dos à René Cormier qui était plongé dans un ailleurs improbable.

La neige s'était mise à tomber et les flocons virevoltaient avant de s'écraser sur les toits des véhicules de service, stationnés devant le bâtiment. Quelques larmes étaient nées subrepticement au coin de mes yeux et coulaient, imperturbables, le long de mes joues. J'avais le cœur chaviré par le destin de cet homme et ne pouvais me résoudre à le haïr. Alors que j'inspectais méticuleusement chaque flocon – que je voyais onduler à travers mes larmes – j'entendis René Cormier qui demandait à mes hommes :
– S'il vous plaît, quand pourrons-nous récupérer notre améthyste ?

Bibliographie

- Michel Louis, *La Bête du Gévaudan, l'innocence des loups*. Ed. Perrin 1992 et ses op. cit. :
- Abbé Xavier Pic, *La bête qui mangeait le monde en pays de Gévaudan et d'Auvergne*. Ed. Albin Michel, 1968.
- Abbé Pierre Pourcher, *Histoire de la Bête du Gévaudan, véritable fléau de Dieu.* Chez l'auteur, 1889. Laffitte Reprints, Marseille, 1981.

Achevé d'imprimer le 4 mai 2001
sur les presses de l'imprimerie Grapho 12
12200 Villefranche-de-Rouergue

Dépôt légal : 2e trimestre 2001
ISBN 2-910834-14-X

Photo Hubert. Mende